어째서 내 세계를 아무도 기억하지 못하는가?

Vol. 7

Phy Sew lu, ele tis Es feo r-delis uc l.

재 앙 의 사 도

"뭐야 그게……."

카이
Kai
세계에서 잊힌 소년.
대시조의 음모를
유일하게 알게 된다.

잔

Jeanne

영광의 기사. 정사에서는
카이의 소꿉친구. 별사
에서는 인류의 지도자
중 한 명.

"동요해 줘서 기쁘네.
카이도 제대로
남자다운 반응을
보여주는구나."

"지금부터는 각오가
된 자만 따라와라."

"조련이 덜 된 새로군."

화린

Farin

잔의 호위. 높은
전투력을 가졌다.

「내가 질릴 때까지,
실컷 사랑해 주도록 하죠.」

? ? ?

린네와 아주
닮았는데……?

???

Characters

Phy Sew lu, ele tis Es feo r-delis uc l.

「하나 가르쳐주마.

「하늘은, 하늘을 오판하는 자에게야말로 심판을 내린다.」

주천
알프레이야

만신족의 영웅. 대시
조의 봉인으로부터
난을 피했다.

Alfreyja

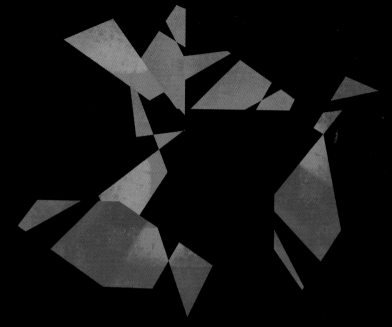

Contents

7

Phy Sew lu, ele tis Es feo r-delis uc l.

어째서 내 세계를 아무도 기억하지 못하는가?

Phy Sew lu, ele tis Es feo r-delis uc l.

| 재 | 앙 | 의 | 사 | 도 |

Vol.

7

사자네 케이

ILL. neco

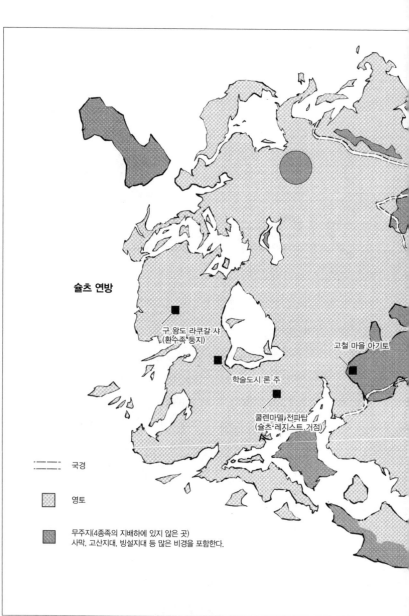

술츠 연방

구 왕도 라쿠갈 샤
(환수족 둥지)

고철 마을 아기토

학술도시 론 주

쿨렌마델 전파탑
(술츠·레지스트 거점)

----- 국경

영토

무주지(4종족의 지배하에 있지 않은 곳)
사막, 고산지대, 빙설지대 등 많은 비경을 포함한다.

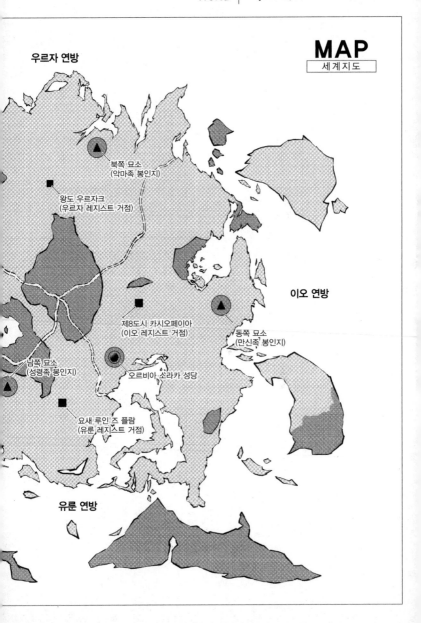

MAP
세계지도

우르자 연방

북쪽 묘소
(악마족 봉인지)

왕도 우르자크
(우르자 레지스트 거점)

이오 연방

제8도시 카시오페이아
(이오 레지스트 거점)

동쪽 묘소
(만신족 봉인지)

남쪽 묘소
(성령족 봉인지)

오르비아 소라카 성당

요새 루인 즈 플람
(유룬 레지스트 거점)

유룬 연방

Kai | Rinne | Jeanne

카이

유일하게 「정사」를 알고 있는, 세계에서 잊힌 소년 시드에게서 흑막에 대해 알게 된다.

린네

천마 소녀. 소멸 직전 카이에게 새로운 코드 홀더를 맡긴다.

잔

「정사」에서는 카이의 소꿉친구. 「별사」 에서는 영광의 기사라 불리는 카리스마 지휘관.

레이렌

자존심이 강한 엘프의 무녀. 카이 일행과 행동을 함께했으나 봉인당한다.

화린

「용전사」의 이명을 가진 잔의 호위 높 은 전투력을 자랑한다.

사키

「정사」에서 카이의 동료 1. 「별사」에서 도 성격은 그대로인 싹싹한 용병.

애슐런

「정사」에서의 카이의 동료 2. 「별시」에 서는 다부진 용병이 되었다.

발몽

유룬 연방의 유능한 지휘관. 성령족을 적 대시하고 있었……으나.

리쿠겐 쿄코

성령족의 영웅. 카이 일행과 협력. 다른 종족과 마찬가지로 봉인당한다.

알프레이야

만신족의 영웅. 카이 일행과의 전투 후 석화되고 말았지만…….

바네사

익마족의 영웅. 세계의 진상을 알아챘지 만 다른 영웅과 마찬가지로 묘소에 봉인.

하인마릴

익마족의 차석 소악마 같은 성격으로. 카 이에게 강한 흥미를 가진다.

아카인

이 세계의 시드 중 한 명. 「용병왕」이란 이명이 있다.

테레지아

이 세계의 시드 중 한 명. 「인간병기」라 는 이명이 있다.

시드

「정사」에서 인류를 구한 영웅. 이 세계 에서는 존재하지 않는 것으로 되어 있었 으니…….

인간은, 멸망할 뻔했다.

인간의 힘을 월등히 능가하는 강대한 타종족의 싸움에 말려들어 세계 각지에서 나라가 무너지고, 도시는 차례차례 파괴당했다.

──강대한 법술을 다루는 악마족.

──천사나 엘프나 요정, 드워프 같은 아인종이 모인 만신족.

──고스트 등의 특수한 육체를 가진 성령족.

──용을 정점으로 하는, 비할 바 없이 거대한 짐승들인 환수족.

이들 4종족의 지상 지배.

인간은 인류특구라 불리는 숨겨진 도시에 틀어박혔고, 가까스로 남은 무기와 탄약에 매달려서 죽을힘을 다해 항전하는 것이 한계였다.

그러나 어느 날.

5종족 대전이라 불리는 최대의 쟁란에서──.

'인간의 승리입니다.'

'5종족 대전은 끝났습니다. 4종족의 봉인으로.'

인간은 느닷없이 승리했다.

예언신이라 불리는 신들과 예언신의 인도를 받은 『두 명의 시드』에 의한 4종족의 봉인으로 인해 생각지도 못한 형태로 대전은 종료.

이 세계는 인간의 이상향이 된 것이다.

'이것이 당신들이 바라던 가장 아름다운 미래^{엔딩}인 겁니다.'

인간은 예언신의 인도를 받아 새로운 번영을 향해 발을 내디딘 것이다.

이것이 운명.

이것이 이상적인 엔딩.

누구도 이의를 제기하지 않는 지고의 세계로.

…………．

………………………．

………………………………………．

"그럴 리가 있겠냐!"

이야기는 끝나지 않는다.

단 한 명.

이 미래를 원하지 않는 소년이 남아있으니까.

단 한 명.

예언신이라는 이름의 신들이 거짓이라는 걸 알고 있으니까.

"기다려 줘, 린네. 그리고 레이렌도 하인마릴도, 리쿠겐 쿄코도."

세계에서 잊힌 소년——.

카이 사쿠라 벤트는, 운명의 검을 움켜쥐었다.

"반드시————."

1

5종족 대전의 종결로부터 닷새.

인간은 조금씩 평온을 실감하기 시작하고 있었다.

숲에서 만신족의 함정을 밟을 일이 없다.

초원을 걷다 환수족에게 습격당할 일도 없고, 폐허에 가도 악마가 습격하지 않고, 성령족의 침입에 두려워할 일도 없어졌다.

예언신의 말은 올발랐다.

지상은 자신들의 것이 된 것이다.

이 닷새간, 인류 특구에 살던 사람들은 서서히 그 기쁨을 실감하고 있었다.

그것이——.

예언신을 자칭하는 『대시조』들이 가져온 '만들어진 운명'이라는 것을 모른 채.

"5종족의 대전을 끝내자. 단, 이 미래 이외의 방법으로——."

서쪽 슐츠 연방.

용병들의 거점인 쿨렌마델 전파탑, 그 지휘관실에서.

"…………."

은발의 지휘관 잔은 카이가 꺼낸 한마디를 듣고는 옆에 있던 호위, 화린과 함께 말문을 잃고 아연실색하며 눈을 크게 떴다.

그것도 당연하다.

지상을 유린하던 4종족을 묘소에 봉인하고 겨우 인간의 승리가 실현되었다.

지금부터 어떻게 부흥을 진행할지 협의하려고 했었다. 그 직후에 갑자기 이런 말을 들으면 곤혹스러울 수밖에 없다.

"보는 대로야. 예언신은 거짓말을 하고 있었어."

그런 두 사람을 향해.

카이는 자신의 손바닥을 쭉 내밀었다. 손가락에 달라붙은 검붉은 조각은 두 종류의 액체가 뒤섞인 것이었다.

카이의 혈액 그리고 기강종 마더 B의 체액인 연료유.

"기강종은 아직 땅속에 잠복한 상태야. 그리고 실제로 나는 그 녀석의 습격을 받았지. 이것만으로도 여전히 위험하다는 걸 알 수 있을 거야."

닷새 전——.

사화산 꼭대기에서. 4종족을 봉인한 하얀 묘소를 내려다보던 대시조 아수라소라카는 이렇게 말했다.

'인간 이외의 모든 것을 축출하고 이상향을 만든다. 이것이

당신들이 바란 가장 아름다운 미래인 겁니다.'

그건 거짓말이다.

인간의 외적은 지금도 존재한다.

"나는, 이 세계의 평온은 잠깐일 뿐이라고 생각해. 적어도 예언신의 말을 무턱대고 믿는 건 너무 위험해."

"잠깐만, 카이."

쥐어 짜내듯 목소리를 꺼낸 잔이 화린에게 눈짓을 했다.

통로를 지나는 병사들에게 들리지 않기 지휘관실의 문을 잠근 뒤.

"……너무 갑작스러운 이야기라 놀랐지만, 나도 이게 이상적인 승리냐고 묻는다면 대답하기 힘들어. 희생이 없었던 것도 아니고……."

잔은 마치 곱씹듯이 천천히 말을 자아냈다.

"린네도 레이렌도, 접해 보니 다른 종족이라는 감각은 없었어. 마치 내 부하처럼 믿고 있었으니까……."

엘프의 무녀 레이렌은 만신족과 함께 하얀 묘소에 봉인되었다.

그리고 린네는 소실.

5종족이 공존하는 미래의 상징이었던 세계종은, 4종족이 봉인된 것으로 존재 의의를 잃고 사라졌다.

카이 일행의 눈앞에서.

"인간의 영토를 되찾는다는 건 분명 다른 종족과의 생존 경쟁에서 이긴다는 일면이 있다는 점에 부정할 생각은 없어. 하지만 나도 린네나 레이렌이 사라지는 것까지 바란 건 아니야. 이건 사실이야."

잔은 의자에서 일어섰다.

테이블에 양손을 짚어서 몸의 무게를 지탱하며.

"우르자 인류반기군의 지휘관으로서도 그래. 이렇게 간단히, 어이없이 5종족 대전이 끝나버렸다니 믿을 수 없어. 그렇잖아? 그렇게 간단히 4종족의 영웅들을 봉인할 수 있었다면 지금까지 목숨을 걸고 싸우던 부하나 나의 분투는 뭐였던 거야?"

그때——.

사화산에 모인 인류반기군은 시종일관 지켜보기만 했을 뿐이다. 예언신과 '두 명의 시드'가 벌인 학살 같은 봉인을 보고만 있었을 뿐.

"그 하얀 피라미드…… 묘소라고 했었지. 그것도 너무나 인지를 초월했어. 카이가 대시조라 부르는 예언신에게 전폭적인 신뢰를 둘 생각도 없지만……. 그래도."

잔은 무겁게 숨을 내쉬었다.

"카이. 네가 말하는 '5종족 대전을 지금과 다른 방식으로 끝내고 싶다'라는 말은 묘소의 4종족을 해방하고 싶다는 뜻이야? 다시 대전을 반복할 셈이야?"

"————."

"그건…… 지휘관으로서 수락할 수 없어. 아직 기강종이 남아있더라도 인류의 적이 4종족이나 줄어든 건 사실이니까. 해방하면 또 싸움이 시작될 뿐이야. 그리고 인류에 피해가 생기겠지. 그건 반드시 피해야 하는 일이잖아."

정론이다.

그야말로 대시조 아수라소라카가 던졌던 말 그대로다.

'아니면 카이. 당신은 막대한 희생을 계속 내면서 인간과 타종족들의 싸움이 계속되기를 바라는 겁니까?'

인간은, 누구 하나 다치지 않고 승리했다.

이 이상의 미래가 있을 리가 없다.

린네나 레이렌이라는 개인을 잃은 것에 작은 후회는 남아있더라도, 인류의 평온이라는 미래를 내던질 수는 없다.

──그렇게.

"나는 대시조가 그렇게 인간을 조종해 왔다고 생각해."

"……뭐?"

"하나 생각해 봐, 잔."

카이는 방의 벽에 붙어있는 슐츠 연방의 큰 지도를 바라봤다.

그 북서쪽──.

하얀 묘소를 가리켰다.

"그렇게 강했던 4종족의 영웅이 봉인되었어. 그럼 인간은? 대시조가 그럴 마음만 먹는다면 인간도 봉인할 수 있지 않을까?"

"……뭐라고?"

"대시조는 그것도 꾸미고 있었어. 내가 원래 있던 역사에서 묘소는 네 개. 4종족을 봉인하기 위해 만들었다면 다섯 번째는 필요 없어. 그런데 대시조는 어째서 다섯 번째를 만들었다고 생각해? 그것도 땅속에 숨기면서까지."

"…………."

다섯 번째는 예비였다.

대시조의 계획을 알아챈 인간이 반기를 들었을 때를 위해 그들이 몰래 준비한 히든카드가 『하얀 묘소』였던 게 틀림없다.

"카이. 잠깐 사견을 내도록 하마."

고민하는 잔을 대신해서 호위 화린이 나섰다.

"그 사화산에서 예언신이라는 자들을 보고, 나 자신도 그 신성함이 반대로 꺼림칙하게 느껴졌던 건 사실이다. 네가 불안하게 느끼는 것도 정상적인 감각이고, 그게 정말로 인간의 편이라고 믿는 것도 위험하겠지. 하지만……."

화린의 눈빛이 카이에게서 잔으로 옮겨갔다.

"나에게는, 너의 이야기를 입증할 재료가 부족한 것처럼 보인다. 하얀 묘소가 인간을 봉인할 수 있다고 의심하는 건 지당하지만 그건 억측 아닌가? 인류반기군의 부하들에게 들려줘도 믿을 것 같지는 않아."

"…………."

"사실만 말한다면, 예언신은 4종족을 이 세계에서 배제했다. 그걸 신용할 수 없다는 증거는 있나?"

"증거는……."

화린과 잔 앞에서 카이는 아랫입술을 깨물었다.

증거는 있다.

적어도 자신은, '시드'가 녹음한 육성 메시지가 진실이라고 믿는다.

'여기는 인간의 묘소.'

'대시조가 숨기고 있던 다섯 번째 봉인 영역이다.'

카이는 찾아냈다.

하얀 묘소 내부에 쓰러져 있던 정사의 기계인형^{오 토 마 타}을. 그리고 그곳에 숨겨져 있던 예언자 시드의 참회의 메시지를.

그런 그가, 하얀 묘소를 '인간의 묘소'라고 단언했다.

······믿을 수밖에 없잖아?

······왜냐하면 그는, 정사에서 대시조들에게 속아 넘어간 가장 큰 희생자니까.

대시조 세 명——.

기원자 아수라소라카에게 코드 홀더를 받고.

광제 이프의 예언을 믿고 그것이 인간의 미래를 위해서라고 자신을 타이르면서.

운명룡 미스칼셰로가 만든 「묘소」에 4종족을 봉인했다.

시드는, 그 모든 것을 후회하고 있었다.

"······입증할 수 있는 증거는, 나에게 없어."

쥐어 짜낸 한마디.

그것에 어느 정도의 기력과 원통함과, 그리고 분노가 담겨 있는지 모른다.

IC 칩은 세월에 따른 심각한 열화로 인해 재생 불가능.

유일하게 카이와 함께 육성 메시지를 들었던 레이렌은 다른 만신족과 함께 봉인되어서 이제 없다. 증언할 수 있는 사람이 사라지고 말았다.

……그래, 각오한 바야.

……대시조의 음모를 알고 있는 게 이제 이 세계에서 나뿐이라는 것도.

자신의 말은 모두 억측이 될 거다.

이래서는 잔이나 화린도 움직일 수 없다. 이 두 사람은 「장수」다. 수백 명이나 되는 용병의 목숨을 맡은 지위이기에, 독단이나 사견으로는 움직일 수 없다.

"카이, 네 마음은 이해하지만……."

잔이 조심조심 입을 열었다.

"지금은 상황을 지켜보자. 이제 며칠 뒤에는 우르자로 돌아가. 예언신이 신경 쓰이기는 하지만, 지금은 우르자 연방의 부흥을 우선해야 하잖아?"

"그런——!"

"어?"

"…………아니…… 아무것도 아니야."

그런 느긋한 소리나 하다가는 세계가 부서친다고!

카이는 목구멍까지 나오려던 말을 필사적으로 삼켰다.

농담도 비유도 아니다.

이미 이 세계는「덮어쓰기」당해 가는 중이다.

환수족의 아황 라스이에가 했던 말을 그대로 한다면, '대시조가 불러온 세계윤회는 대시조라도 막을 수 없다' 라고 한다.

세계윤회의 제2단계——.

언젠가 인간을 포함한 모든 생물이 다른 종족으로 변해갈 것이다.

'마더 B, 인 거냐?! ……너…… 그 몸은…….'

'뭐얼. 곧 너도 이렇게 될 거다.'

카이 앞에 나타난 기강종 마더 B는, 변모해 있었다.

마치 절제기관처럼. <small>래스터라이저</small>

강철의 거구가 기괴한 생물이 뒤섞인 모습으로 변했다. 인간도 마찬가지. 이대로 세계윤회가 멈추지 않는다면 인류는 멸망한다.

——막을 수 있는 희망은 린네뿐.

그녀를 부활시키기 위해서라도 묘소에서 4종족을 해방할 필요가 있다.

……하지만 그걸 아는 건 나뿐이야.

……잔이나 화린, 인류반기군의 용병에게 뭐라고 설명해야 하지?!

묘소에서 4종족을 해방하지 않으면 린네는 부활하지 않는다.

린네가 부활하지 않으면 세계윤회의 「덮어쓰기」로 인간은 절멸한다── 이렇게 말해봤자 아무도 믿어주지 않겠지.

눈에 보이는 증거가 없다.

세계윤회를 느낄 수 있는 사람은 코드 홀더를 가진 카이뿐이니까.

……잔의 협력을 받을 수 없다면.

……나 혼자 하얀 묘소로 돌진할까? 아니, 이거야말로 너무 무모해.

대시조가 기다리고 있을 거다.

카이가 단독으로 가봤자 방해받을 게 눈에 선하다. 잔이나 인류반기군을 설득하여 인간의 총력으로 맞서야지 승산이 있건만.

"잔 님!"

문 너머.

잔을 부르는 부하의 목소리가 들린 건, 바로 그때였다.

"긴급 통신입니다. 남쪽 유룬 연방에서 발뭉 지휘관이 부르십니다!"

"발뭉 공이, 나를?"

잔이 문을 열었다.

그곳에 있는 건 우르자의 용병이 아니라 이곳 슐츠 연방의 용병이었다.

"확인하겠는데, 연락처는 민 공이 아니라 나인가?"

"네, 넷! 저희도 확인했습니다만, 발뭉 공이 이야기하고 싶다는 건 잔 님이었습니다."

"……묘하군. 어떻게 생각하지? 화린?"

잔이 호위를 바라봤다.

자신들은 슐츠 인류반기군에게 협력하고자 일시적으로 머물고 있을 뿐이다.

이 거점의 본래 지휘관은 민스트라움——'민'이라는 애칭으로 알려진 소녀.

"이야기라면 우선 민 공에게 보고하는 게 순리 아닌가?"

"네. 하지만 발몽 지휘관은 예의를 아는 인물이니, 잔 님을 지정한 건 뭔가 이유가 있겠죠. ——카이."

화린의 눈초리가 이쪽으로 이동했다.

"그렇게 되었다. 차리를 옮기지."

"……나도 따라오라고?"

"기밀 회담을 요구한 게 아니다. 호위인 나도 동석할 거고 발몽 공도 네가 있어서 곤란하다고 말씀하시지는 않겠지. 그렇게 말한다면 그때 퇴실하면 돼."

통신실로——.

그곳에 대기하던 통신 기사들이 잔 앞에서 가볍게 경례했다.

"기다리고 있었습니다. 잔 님."

"수고 많다. 민 공은? 그분도 함께 이야기를 듣는 건가 했는데."

"저희 지휘관은 부흥 조사에 나가셨습니다. 봉인된 환수족이 정말로 남아있지 않은지, 폐허가 된 빌딩들을 조사하고 있습니다."

"알았다. 민 공에게는 통신 기록을 들어달라고 하고, 바로———."

『그 목소리, 잔 공인가!』

마치 짐승의 포효 같은 호쾌한 목소리.

남쪽 인류반기군을 규합하는 지휘관 발뭉이 「사자왕」이라 불리는 까닭이다.

"오랜만입니다. ……그보다 호들갑스럽군요. 사흘 전에 남쪽으로 출발해서 어제 유룬 연방으로 돌아가셨다는 보고는 들었습니다."

『그래. 남쪽의 상황이 신경 쓰여서 나는 한발 먼저 돌아왔는데, 그 판단이 올발랐다.』

"그 말씀은?"

『천사의 석상이다!』

그 의미를———.

곧바로 이해할 수 있었던 사람은 없었을 게 분명하다. 잔과 화린은 멍하니 얼굴을 마주했고, 카이도 상황을 바로 파악하지는 못했다.

무의식적으로 믿고 있었으니까.

4종족은 전부 봉인되었다.

대시조의 그 말을 받아들이고 있었다.

『순서대로 이야기하지. 그쪽에 있는 하얀 묘소는 물론이고, 우리 유룬 연방에도 꺼림칙한 검은 묘소가 하나 있지 않았나. 그게 지금 어떻게 되어 있는지 신경 쓰여서 말이지. 오늘 아침 부하들과 확인하러 갔었다.』

유룬 연방의 묘소. 정사에서는 성령족이 봉인되어 있었다.

그곳에 천사의 석상?

그 말을 듣고 떠오르는 건——.

'내가 하려던 말은, 이 석화가 낫지 않는다고 단정 짓지 말라는 것이니라.'

'술식만 풀면 주천 알프레이야 공도 소생할 터.'

설마.

기억이 뇌리를 스치자, 카이의 등골에서 소름이 돋았다.

지금까지 린네나 레이렌을 구출하려는 걸로 머리가 가득해서, 터무니없는 사실을 간과하고 있었다.

"발뭉 지휘관! 접니다!"

잔에게 통신기를 갈취하듯이 무아지경으로 몸을 내밀었다.

"그 석상이라는 건 그 녀석 말입니까?!"

『카이냐? ……그래. 우리가 발견한 그 석상이 묘소 내부에 막 들어선 벽 근처에 남아있었다. 봉인되지 않고.』

만신족의 영웅 알프레이야.

카이와 발뭉이 굳이 이름을 언급하지 않은 건, 사태의 경위를 모르는 슐츠의 용병들이 그 이름을 듣고 동요하는 걸 막기 위해서다.

……어떻게 된 거지? 그 주천 알프레이야가 봉인되지 않고 남아 있다니?

……석화된 모습 그대로 묘소에 남아있다고?!

전력으로 사고를 돌렸다.

그 천사만 봉인 대상이 아니었다고?

그렇다면, 봉인된 다른 4종족과의 차이는 무엇인가?

……주천 알프레이야는 래스터라이저의 『무좌표화』를 맞아서 소멸했어.

……그것과 관련이 있는 건가?

주천 알프레이야는 그 이후 세계에서 소거된 존재가 되었다.

그래서 봉인 대상에서 벗어났다?

『잔 공의 지혜를 빌리고 싶다. 이 석상을 어떻게 해야 하지?』

"그건……."

잔의 말이 막혔다.

만신족은 봉인되었다.

이제 와서 알프레이야만이 석화된 모습으로 남아 있어 봤자, 이미 안타까울 뿐.

『우리 인류에게 만신족은 적이었지. 하지만…….』

통화 너머에서 발뭉이 커다란 한숨을 내쉬는 기척이 났다.

『지금에 와서는 이 녀석만 남아있는 것도 안쓰러워서 말이야. 나로서는 적어도 만신족 가까이에 옮겨주고 싶다. 하얀 묘소 근처에 보관하는 게 괜찮겠다고 생각하는데.』

"동감입니다. 수송이 필요하겠지만, 아무래도 석상 자체의 사정이 사정이다 보니……."

『그래. 내가 슐츠에 보내주는 게 이상적이겠지.』

수송은 부하에게 맡길 수가 없다.

왜냐하면, 석상의 정체가 주천 알프레이야라는 걸 아는 사람이 없으니까.

만신족의 영웅이 석화된 과정을 아는 건, 주천 알프레이야와 싸웠던 카이 일행뿐. 용병들은 아무도 모른다.

『공교롭게도 나도 유룬에 막 돌아온 참이라 일이 산더미 같아서 말이야. 도시 부흥을 뒤로 미룰 수는 없겠지. 몇 주일은 미뤄지겠지만 여유가 날 때를 봐서 슐츠로 수송하면 되겠나?』

"——제가 그리로 가겠습니다."

스스로도 무의식적으로.

정신이 들자, 카이는 어느새 그런 답변을 하고 있었다.

『음? 네가 말이냐?』

"네. 우르자로 돌아갈 때까지 아직 시간이 좀 남았고, 저도 그 석상을 다시 조사해 보고 싶어서요. 발몽 지휘관, 합류 일시를 지정해 주세요. ——아, 이렇게 말해도 될까? 잔."

"……이미 말했잖아."

잔은 어이없다는 탄식을 내쉬었다.

그때. 옆에서 화린이 웬일인지 감탄한 표정으로 말했다.

"점점 잔 님을 다루는 법을 알게 되었군. 그렇다. 의외로 밀어붙이는 것에 약하셔서……."

"화린."

"——이런 건 접어두고, 저도 카이의 제안에 찬성합니다. 이오에서 만신족과 싸운 것도, 그 이후에 석상을 발견한 것도 저

희니까요."

"마지막까지 책임을 지고 맡아둘 의무가 있나. 확실히……."

슐츠 용병들은 멍하니 대화를 지켜볼 뿐이다.

그런 그들을 곁눈질한 잔이 통신기 마이크를 향해 수긍했다.

"발몽 공, 이 방안으로 가시죠. 저희가 그 석상을 받으러 가겠습니다. 내일 출발하면 사흘 뒤에는 도착할 수 있을 겁니다."

『알았다. 그리고 긴장은 풀지 마라, 잔 공도 무장을 게을리하지 말고.』

지휘관 발몽의 목소리가 험악해진 것은 그때였다.

『지상에는 환수족도 성령족도 없어. 하지만 나는, 아직 방심해서는 안 된다고 생각한다.』

2

세계를 나누는 네 개의 연방.

북, 동, 남, 서 각각이 악마족, 만신족, 성령족, 환수족에게 빼앗겨서 지상에서는 인간이 살 곳이 없어졌다.

"——이~런 역사 교본도, 이제는 달라지려나."

황야에 펼쳐진 간선도로를 달리는 한 대의 장갑차.

슐츠 인류반기군에서 빌린 정찰 전투차의 조수석에서 쌍안경을 대고 노려보던 애슐린이 멍하니 중얼거렸다.

"한껏 펼쳐진 지평선. 슐츠 연방 한가운데를 달리는데도 보이는 건 하늘에 떠오른 들새 무리뿐. 환수족은 흔적도 없어."

"애슐런."

"알~고 있다니까. 기강종은 아직 남아있을지도 모른다면서? 지면에 수상한 균열과 구멍이 있다면 알려줄게."

"그렇게 해줘."

운전석 핸들을 잡은 카이는 백미러에 비치는 뒷좌석으로 시선을 돌렸다.

뒷좌석에는 세 명.

좌우에 사키와 화린이 진을 쳤고, 그 중앙에 지휘관인 잔이 앉아있다.

전방 좌석은 카이와 애슐런.

이 다섯 명이 주천 알프레이야와 싸우고, 그리고 석화될 때까지를 목격한 전부다.

"사키, 뒤쪽은?"

"아무것도 없어. 차 뒤쪽에서 쫓아오는 기색은 전혀 없음. 이미 몇 시간이나 변하지 않는 풍경이야."

오렌지색 머리를 한 소녀가 하품을 참으며 말했다.

"아, 그래도 카이가 운전하는 건 신선하네."

"언제나 애슐런에게 맡기고 있으니까. 가끔은……."

"가끔은?"

"……그런 기분이었어."

기분 전환이야.

카이가 말을 흐린 잠깐의 공백은, 나오려던 말을 대신할 걸 찾기 위한 것이었다.

……20시간 이상이나 차 안에 가만히 앉아있는 건 견딜 수가 없어.

……고민에 잠겨서 답답해질 뿐이니까.

대시조에 대항할 방책.

4종족을 묘소에서 해방시킬 방법도, 린네를 부활시킬 방법도 시간이 나면 금방 지나치게 고민에 잠기게 된다.

"저기 있잖아? 카이."

지도를 펼친 사키가 살짝 몸을 내밀었다.

"방금 떠오른 건데, 너 전에 신경 쓰던 그거, 어떻게 됐어?"

"그거?"

"그러니까, 여기가 무주지인 게 신기하다고 했잖아."

"……아아. 사키 너 용케 기억하고 있네."

무주지란 '아무도 살지 않는 땅'을 의미한다.

작열의 대사막이나 폭풍우가 몰아치는 대해. 그리고 영구빙토의 영봉.

이런 가혹한 땅이 대부분이지만 이 황야는 그런 가혹함과는 상관없는데도 환수족이 살지 않는다고 했다.

'사키, 여기도 무주지야……?'

'나한테 물어도 곤란해. 슐츠 인류반기군에서 보낸 지도에 그렇게 적혀있으니까, 그런 거겠지.'

'무주치가 너무 넓어.'

환수족은 이 간선도로 주변에는 나타나지 않는다.

지금은 그 의문에도 일단 해답이 있다. 이런 무주지 중 일부가 기강종의 잠복지라는 게 판명되었기 때문이다.

"기강종이 땅속에 잠복하고 있고, 그걸 느꼈는지는 모르겠지만 환수족은 그걸 피했어. 그런 사정을 모르는 우리에게는 환수족이 없는 무주지로 보였겠지."

"아~. 뭐, 그렇겠네."

"그렇다고 해도 너무 넓다는 느낌이 들지만."

무주지는 전 세계 여기저기에 흩어져 있다.

여기만이 아니다. 우르자 연방이나 이오 연방에도 있다.

"잔. 우르자 연방으로 돌아가면 조사해 줬으면 좋겠어. 우르자 연방의 무주지였던 곳, 어쩌면 땅속에 기강종이 잠복해 있을지도 몰라."

"……악마족이 점령하지 않았던 구역인가. 생각하기만 해도 오싹해지는군."

뒷자리에서 잔이 탄식했다.

"부흥만으로도 고생일 텐데, 아직 편해질 수는 없나……."

"우오오?! 카, 카이, 저거!"

급브레이크.

갑자기 애슐런의 비명에 겹쳐서, 정찰 전투차의 바퀴가 맹렬한 마찰음을 흩뿌리며 회전을 멈췄다.

"뭐야?! 설마 기강종……."

"아, 아니야! 보라니까. 저기야! 도로 위에 떨어져 있잖아!"

황금빛 깃털.

카이를 포함한 다섯 명은 애슐런이 가리킨 도로를 응시하며 눈을 의심했다.

이곳은 간선도로 한가운데. 그곳에 반짝반짝 빛나는 거대한 깃털이 떨어져 있는 건 기묘함을 넘어서서 이질적이었다.

그리고 본 적이 있다.

이 슐츠 연방을 찾아왔을 때, 자신들은 완전히 똑같은 깃털을 목격했었다.

'아무리 봐도 깃털이로구나.'

'환수족? 하지만 나는 이런 화려한 깃털을 가진 개체는 모르느니라.'

기억이 바로 머리를 스쳤다.

……그때는 결국, 동석했던 레이렌도 하인마릴도 몰랐어.

……그래도 환수족의 깃털일 거라면서 애매한 채로 넘어갔었지.

그 넘어갔던 위화감이, 더 커다란 의문이 되어 카이 앞을 가로막게 되었다.

환수족은 이제 없다.

환수족의 깃털이 지상에 떨어져 있을 리가 없건만.

"보고 올게. 애슐런, 차를 부탁해."

"이, 이봐, 카이?!"

"나도 가지. 화린."

"함께하겠습니다."

"나, 나도 보고 올래! 애슐런, 맡길게!"

"나 말고 전부 가는 거잖아?! 이, 이봐. 잠깐 기다려. 나도 간다니까!"

다섯 명 전원이 정찰 전투차에서 뛰쳐나왔다.

십여 미터 너머에 있는 거대한 깃털을 향해 빠르게 접근했다.

햇살을 받아서 금빛으로 반짝이는 깃털――이라면 신비롭게 보이지만, 그 깃털 하나가 카이의 키보다 더 크다.

"……틀림없어. 슐츠에 왔을 때 떨어져 있던 깃털과 똑같아."

같은 개체가 떨어뜨린 것.

그러나, 카이는 이런 깃털을 가진 환수족을 모른다.

"화린, 어떻게 생각하지? 봉인되기 전에 떨어졌을 가능성은?"

"아뇨, 잔 님. 저도 그렇게 생각했습니다만, 아무래도 아닌 모양입니다."

화린이 쪼그려 앉았다.

"어젯밤 이 일대에는 비가 내렸습니다. 비가 오기 전에 깃털이 떨어졌다면 지금도 젖은 상태겠지만, 말라 있습니다. 다시 말해――."

"이 깃털은 오늘 아침에 막 떨어졌다?"

"네. 하지만 잔 님도 아시다시피 환수족이 봉인된 건 6일 전입니다. 이 깃털이 떨어진 건 오늘 아침일 테니."

이 깃털의 주인은, 바로 몇 시간 전에 이 상공을 날고 있었다.

그건 대체 누구인가?

"…………."

전원이 침묵한 가운데, 카이가 발밑의 깃털로 손을 뻗었다.

"애슐런, 도와줘. 이 녀석을 차 짐칸에 싣겠어."

"뭐? 이, 이봐? 카이?"

"유룬 인류반기군에도 짐승학자가 있을 거야. 전문가에게 조사를 맡기자."

깃털 끝을 안아서 들어 올렸다.

딱딱하다.

표면은 유리처럼 매끄럽지만, 깃털을 구성하는 털의 섬유가 무시무시하게 딱딱했다. 총탄조차도 튕겨내지 않을까 생각될 정도다.

"잔. 내가 한 말을 머리 한구석에라도 좋으니까 기억해 줬으면 해."

"응?"

"대시초는 거짓말을 하고 있어. 나는 그렇게 생각해."

은발의 지휘관이 숨을 삼켰다.

카이의 얼굴과 지금 눈앞에 있는 거대한 깃털을 교대로 바라보면서——.

"……이 깃털과 관련이 있는 건가?"

"녀석들은 우리 인간에게 무언가를 숨기고 있어. 그건 틀림없어."

황금의 깃털을 안아서 정찰 전투차로.

이제는 전속력으로 유룬 연방에 가면 된다.

"나는 그 『무언가』를 밝히고 싶어."

사라지는 순간 떠올랐다.

자신이 어떤 존재였는지――.

……나는.

……나는 이렇게나 약하니까.

세계종이란?

모든 종족의 인자가 깃든 「전권 보유종」.

세계의 변덕이 우연히 만들어 낸 세계종은 매우 강대한 생명력을 가진다.

그러나.

너무나도 덧없다.

육체를 구성하는 인자가 빠지는 순간, 즉 어느 한 종족이라도 멸망하는 순간 나무 블록이 아래쪽부터 무너지듯이 종족 밸런스가 붕괴하고 만다.

그것은 육체의 붕괴를 의미한다.

세계종은 소멸하고――.

영원한 저주가 되어 래스터라이저로 윤회한다.

……나도.

……그렇게 돼?

그렇게 되는 것도 어쩔 수 없지만, 그건 싫다. 어째서 싫은지
는 떠오르지 않지만 이유가 있었던 것 같다.

"카이?"

그 이름만이 기억난다.

무언가를 맡긴 것 같지만 그쪽은 기억나지 않는다.

나…… 어라?

나는 누구였더라……?

자신이 누구인지 떠오르지 않는다.

자신의 이름도.

유일하게 기억나는 것이 '카이'라는 이름. 그 이름만을, 움직
이지 않는 양손으로, 무아지경으로 끌어안았다.

나는…… 누구였더라…….

나는…… 뭐였……더라…….

무서워. 무서……워. ……카이………… 구해줘………….

………….

…………………….

………………………………….

해변의 모래가 파도에 휩쓸리듯이.

세계종 린네의 자아는, 머나먼 땅끝 너머로 가라앉았다.

1

남쪽 유룬 연방.

며칠 전까지 성령족이 지배하던 땅에 거대한 요새가 보였다.

——황야의 요새 루인즈 플람.

흉흉한 성벽에 둘러싸인 요새 입구에서 카이 일행을 맞이한 것은 대장급 용병들 그리고 사자로 불리는 듬직한 수염이 난 거한이었다.

"잘 왔다, 잔 공!"

사자왕 발뭉.

주변의 용병들도 건장하지만 이 남자는 그보다도 한층 더 다부지다.

"갑자기 심부름을 부탁해 버렸군. 오는 길은 괜찮았나?"

"방해는 하나도 없었습니다. 도중에 성령족의 소굴이었던 폐허도 있었지만 그곳도 내부는 텅 비어 있었고요."

"……음. 뭐, 그렇겠지."

"무슨 일 있으셨습니까?"

"아니아니, 아무것도 아니야."

웬일로 애매한 태도를 보이던 발뭉이 잔을 향해 고개를 내저었다.

그대로 후방을 돌아봤다.

"그런데 카이. 네가 가져온 선물 말인데."

"그 금색 깃털 말이죠."

"짐승학자에게 조사를 맡겼는데 일치하는 개체를 찾을 수가 없다더군. 환수족이라면 슐츠 인류반기군의 특기 분야니까 말이지. 사진 영상을 송신해 놨다."

요새 내부.

초대받아서 들어간 발뭉의 지휘관실은 한마디로 '회의를 황급히 끝낸 참입니다' 라고 말하는 것처럼 어질러져 있었다.

테이블에는 자료가 흩어져 있고, 주변 파이프 의자도 어질러진 상태다.

"어질러진 상태라 미안하지만 잔 공도 적당히 앉아 줘. 바로 조금 전까지 간부나 대장 그리고 인류 특구의 시민 대표를 모을 만큼 모아서 회의를 했었거든."

"부흥 준비를 하신 겁니까?"

"그건 아직 성급하지. 우선은 조사와 개척이 필요하고, 부흥이라고 해도 자원이나 인원이 필요하다는 인식을 공유했다. 그래도 걱정거리가 있지. 잔 공이 여기에 와준 건 그런 의미에서도 다행이었어."

끼긱.

난폭하게 앉은 발뭉의 체중이 실리자 파이프 의자가 비명을 질렀다.

　"주천 알프레이야의 석상은 이후에 바로 안내할 거다. 그러나 하나, 먼저 해결해야 할 의문이 있어서 말이지."

　"뭡니까?"

　"래스터라이저라는 녀석들은 어떻게 됐지? 그것도 4종족과 함께 사라졌나?"

　"앗⋯⋯."

　잔이 미간에 주름을 잡았다.

　주천 알프레이야가 소멸했던 그 섬뜩한 광경을 떠올린 것이리라.

　'제로 코드를 집행.'

　'영웅 알프레이야의 『기록』를 세계에서 절제한다.'

　알프레이야는 소멸했고 무좌표계라는 운해의 공간에서 석상이 되어 남겨져 있었다.

　그 원흉이었던 래스터라이저는?

　묘소에 봉인된 건 4종족뿐.

　래스터라이저가 세계 어딘가에 아직 잠복해 있을지도 모른다는 건 카이가 마음속으로 염려하고 있었던 일이기도 하다.

　⋯⋯맞아. 기강종들과 마찬가지로.

　⋯⋯그 녀석들도 묘소 봉인의 대상 밖이었을 가능성이 높으

니까.

그 자리에 있던 대시조들이 '래스터라이저'라는 단어를 전혀 말하지 않았던 것만 보더라도, 봉인 계획 밖이었을 가능성이 높다.

"발뭉 지휘관. 저희 감이지만 아마 래스터라이저는 봉인되지 않고 남아 있을 겁니다."

고민하는 잔을 대신해서.

카이는 전방에 앉은 지휘관에게 대답했다.

"저도 전모를 이해한 건 아니지만 대시조의 『봉인』은 만능이 아니었어요. 5종족 대전에 관련된 종족 한정의 힘이지 않았을까요."

묘소는 정사에서 만들어졌다.

반면 기강종도 래스터라이저도 정사에는 없었던 존재다. 정사에 없던 건 원래부터 봉인 대상으로 상정되지 않았다고 생각하는 게 타당하다.

……하지만 나도 모르는 점이 있어.

……결국, 대시조와 래스터라이저의 관계는 뭐였던 거지?

대시조는 4종족을 적대시하고 있었다.

래스터라이저도 4종족의 영웅을 적대시하고 있었다.

그렇다면 대시조와 래스터라이저는 공모하고 있었나?

해답은 '불명'.

양자가 공모하고 있었다고 연결 지을 수 있는 언동은, 없었다.

"용병으로서의 습관이지. 수상한 것은 경계하는 습성이 있어

서 말이네. 그 래스터라이저도, 그리고 예언신인지 대시조인지
하는 것들도."

사자왕 발몽이 씁쓸하게 말했다.

"인간의 평온이 실현된 건 인정하지. 하지만 그걸 순순히 받
아들이느냐는 다른 문제야."

그는 파이프 의자를 걷어차듯이 일어났다.

그 반동으로――.

목에 걸린 어울리지 않는 목걸이가 흔들리자, 카이는 겨우 그
액세서리의 존재를 눈치챘다.

본 적이 있다.

장식 부분에 특수한 가공이 들어가 있어서 내부가 비어 있다.
저 목걸이는 작아진 리쿠겐 쿄코가 숨어있을 때 사용하던 것이
다.

'쿄코가 걱정돼서 달려왔어? 쿄코가 없어서 쓸쓸했어?'
'바, 바보야! 누가 네 걱정 따위를――――.'

생각해 보면――.

모든 용병 중에서도 특히 격한 분노를 드러내던 것이 이 남자,
발몽이었다.

성령족의 타도를 누구보다 바라던 남자가.

성령족의 봉인에 분노하고 있었다.

그게 그의 어떤 감정에서 생겨난 말이었는지는 타인이, 카이

가 알 도리가 없다. 그러나 그 순간의 포효는 분명 그의 본심이었을 게 분명하다.

'리쿠겐 쿄코를 어디로 보냈나?! 봉인? 묘소? 뭐냐 그건. 우리는 이런 결판을 원하지 않았다!'

일어선 발뭉이 걸어갔다.

지휘관실 안쪽으로.

"……마지막까지 마음에 안 드는 녀석이었어. 그 슬라임은."

창문 안쪽.

하늘이 아닌 어딘가 먼 저편을 멍하니 바라보면서, 사자왕이라는 이름으로 선망을 받는 남자가 그렇게 중얼거렸다.

"천사의 석상으로 안내하마. 전원, 바로 출발할 텐데 상관없겠지?"

2

유룬 연방.

그 북서부에 위치한 그랜드 아크 대평원은 거대한 성령족의 둥지를 서쪽으로 빠져나온 곳에 펼쳐져 있다.

산 같은 구릉지와 거대한 바위가 우뚝 솟은 초원 너머에.

──검은 묘소.

파릇파릇한 녹색의 바다에서, 그곳만 검게 물든 듯한 피라미드가 우뚝 솟아있다.

정사에서는 미해석 신조 유적이라고 불리던 유적.^{메 가 리 스}

지금은, 그것이 대시조가 4종족 봉인을 위해 만든 '우리'라는 걸 알고 있다.

"응? 뭔가 엄중하네……."

"그러게. 유룬 인류반기군의 거점인 요새보다 더 엄중 경계 태세 아니야?"

사키와 애슐런이 묘소를 올려다봤다.

그 옆에서 두 사람이 주목한 건 피라미드를 둘러싼 유룬 인류 반기군의 병사들이다. 모두 어깨에 소총을 멨고 화염방사기를 휴대한 사람도 있다.

안쪽에는 흉흉한 전차까지.

"우리 병사는 그 래스터라이저라는 괴물을 목격했으니 말이다."

발뭉이 묘소 입구로 이어지는 언덕길을 나아가면서 말했다.

"그게 언제 다시 나타날지 몰라. 다행인지 불행인지 성령족이 사라져서 경계에 인원을 할애할 수 있게 되었다. 이 주변 경계에는 힘을 주고 있지."

"그래서 발뭉 공, 그 석상은?"

"잔 공에게 말한 그대로야. 묘소 내부에 그대로 숨겨 놨다. 부하도 몇 명 봤지만 유적에 놓인 석상이라고밖에 말하지 않았어."

"알겠습니다."

발뭉과 잔 두 사람을 선두로.

그 뒤에 카이와 화린, 사키와 애슐런, 최후미에는 유룬 인류반기군의 용병 네 명도 동행하고 있다.

──거대한 피라미드 내부로.

열려있는 기계문을 지나간 곳은 어슴푸레하고 싸늘했다.

태양의 빛과 단절된 이 유적은 벌레 한 마리도 들어오지 않는 이질적인 한기로 가득했다.

"너희는 여기 입구에서 대기해라. 무슨 일이 생기면 바로 알리고."

"예!"

유룬 연방의 용병 네 명을 이 자리에 남긴 발뭉이 거침없이 앞으로 나아갔다.

벽에 설치된 조명을 켜면서.

"언젠가 전문 조사부대를 준비해서 이곳을 해석하고 싶은데 말이지. 그건 그렇다 치고, 바로 앞쪽이다. 잔 공."

발뭉이 가리킬 것도 없었다.

인류반기군이 설치한 조명 너머에서, 그 석상은 너무나도 엉성하게 남아있었다.

사정을 모르는 자는 이곳 유적에 놓인 장식물이라고 생각하겠지만, 카이 일행은 이것이 원래 만신족의 영웅이었다는 것을 알고 있다.

──주천 알프레이야.

래스터라이저에 홀려서 제정신을 잃고, 마지막에는 자신의 어리석은 행동을 후회하며 사라졌다.

"이야기로는 들었지만, 설마 정말로 남아있었다니⋯⋯."

잔의 손이 석상으로 향했다.

여섯 날개를 살며시 만졌지만, 물론 석상은 움직이지 않았다.

"우리가 처음 이것을 발견한 건, 이 자리에서 무좌표계라는 기묘한 공간에 들어갔을 때였지. 그때 래스터라이저가 쫓아왔었는데⋯⋯."

석상을 만지던 잔이 주변을 돌아봤다.

지금도 래스터라이저가 근처에 있을지도?

그렇게 생각한 경계이리라. 카이도 이 내부에 들어왔을 때부터 항상 기척을 엿보고 있었지만, 주변에는 소음 하나 없다.

"이런 돌 모습으로 변해 버렸으니까. 더 이상 살아있지 않다고 생각해도 될지 어떨지⋯⋯. 카이, 이 중에서 래스터라이저를 다수 목격한 건 너뿐일 거다. 뭔가 짐작 가는 점은?"

"⋯⋯⋯⋯⋯."

잔이 묻자, 카이도 천사상을 만져봤다.

싸늘하게 차갑다. 표면의 감촉은 약간 까끌한 돌 그 자체.

이런 모습이 되었는데 살아있을 리가 없다. ——잔의 발언은 확실히 타당할지도 모르지만.

"나는 아직 죽지 않았다고 생각해. 설령 생명 활동을 정지했더라도."

"뭐?"

"잔도 기억하잖아. 우리가 석화된 이 녀석을 발견하자마자 래스터라이저가 쫓아왔던 것."

석화된 알프레이야에게는 뭔가 의미가 있다. 그게 아니라면 래스터라이저가 그렇게나 집요하게 쫓아왔을 리가 없다.

그리고 또 하나.

카이는 이 석화 현상과 아주 비슷한 무언가를 본 적이 있다.

"잔. 이 석화된 모습이 비슷하다고 생각하지 않아?"

"……그 말은?"

"대시조 아수라소라카 말이야. 똑같잖아."

"뭣?!"

잔만이 아니다.

옆에 선 화린이나 발뭉, 사키에 애슐런마저도 일제히 돌아봤다.

'돌 여신상.'

'돌의 로브로 눈가를 가린 여신상이, 하인마릴의 상공에 홀연히──.'

"나도 반신반의였어. 주천 알프레이야의 석화된 모습은 어렴풋했거든. 무엇보다 아수라소라카가 세계종이었다는 걸 알고 나서 하게 된 추측이긴 하지만."

"카이. 그건 무슨 뜻이지?"

"생각해 봤어. 주천과 아수라소라카의 석화가 똑같은 술식이라면?"

그런 생각에 이르게 된 힌트는 있었다.

IC 칩에서 들은 예언자 시드의 참회에, 카이의 가정을 이끌어
내는 힌트가 들어가 있었기 때문이다.

'래스터라이저의 모습은 어딘가 린네를 닮은 것처럼 보였
다.'

'원래 린네와 같은 종족이었던 것이, 내가 미래를 부숴버린
탓에 일그러져 버린 게 아닐까?'

세계종이 변모한 것이 래스터라이저인 게 아닐까?

그것이 예언자 시드의 가설이다. 생뚱맞은 것처럼 보이지만
그걸 가리키는 정황 증거는 몇 가지 있다.

1. 무좌표계에 사로잡혀 있던 린네와, 린네를 감시하던 래스
터라이저

(절제기관은 린네를 알고 있었다.)

2. 모두 '여러 종족이 뒤섞인 모습' 이라는 점이 공통된다.

3. 래스터라이저도 천사나 악마의 법술을 쓸 수 있다.

4. 무한히 재생하는 래스터라이저에게는 세계종이 가진 코드
홀더만이 유효했다.

음과 양처럼.

대극적인 위치이지만 떼어놓을 수 없다. 양자는 모두 같은 종
족이고, 같은 힘을 가진 존재라는 생각이 든다.

"나의 예상은 이래. 세계종과 래스터라이저가 같은 힘을 가졌

다는 전제를 두고——아수라소라카는 스스로 자신을 석화시킨 거야. 자신의 기척을 아슬아슬하게 억누르기 위해."

세계종이라는 걸 숨겼다.

그 꿍꿍이는 성공했다. 같은 세계종인 린네조차도 아수라소라카에게 위화감을 받으면서도 마지막까지 동족이라는 걸 간파하지 못했으니까.

"그러니까, 그걸 역으로 이용하면 알프레이야를 해방할 수 있을지도 몰라."

"뭐?"

잔이 눈을 깜빡였다.

어안이 벙벙해진 모습으로.

"카이, 지금 뭐라고 했지?"

"……발몽 지휘관."

반면, 카이는 덩치 큰 지휘관을 올려다봤다.

"하나 묻고 싶은 게 있어."

"뭐냐? 새삼스럽게."

"당신 개인의 의견이면 돼. 그때 사화산에서, 대시조들의 개입이 없었다면 어떻게 되었을 것 같아?"

"……무슨 소리냐. 녀석들의 개입이 없었다면?"

이쪽을 돌아본 발몽이 미간을 찡그렸다.

잠깐의 침묵 이후.

"대시조가 없었다면, 4종족의 봉인도 없었을 텐데?"

"그 이후를 가르쳐 줬으면 좋겠어."

"음?"

"당신은 리쿠겐 쿄코와 줄곧 함께 있었어. 당신이라면 어쩌면 성령족과도 싸움 이외의 미래를 찾을 수 있지 않았을까."

"~~~~~으윽?!"

사자왕이란 이름으로 알려진 남자의 목소리가 크게 뒤집혔다.

"가, 갑자기 무슨 소리냐?! 나와 리쿠겐 쿄코는 숙명의 천적이라고!"

"그래도 공동 전선은 준수했잖아."

"그건 그렇다만…… 큭?!"

발뭉이 이를 악물며 침묵했다.

팔짱을 끼고 등골에 힘을 줬다. 그 모습으로 천장을 올려다본 지휘관이 가장 먼저 한 것은, 자신의 뒤를 돌아보는 것이었다.

부하가 있나 없나.

몇 번이고 몇 번이고 돌아보고, 부하가 듣지 않는다는 걸 주의 깊게 확인한 뒤.

"…………모르지."

피를 토하는 듯한 표정으로, 그렇게 대답했다.

"나는 독심술사가 아니야. 타종족의, 그것도 그런 얼빠진 녀석의 의도 같은 건 몰라. ……하지만. 내가 그 녀석에게 몇 번이고 도움을 받은 것도 사실이다."

그렇다.

이건 카이도 놀란 사실이지만, 리쿠겐 쿄코는 발뭉의 목숨을 지켜주려고 했다.

환수족의 영웅 라스이에게 도전하기 직전. 발뭉에게 독을 먹여서 행동 불능으로 만들어 환수족과 싸우지 못하게 했다.

'은방울꽃 독으로 움직이지 못하게 했을 뿐.'

'이 인간을 맡길게. 머리는 나쁘지만 지금 죽는 건 아까워.'

죽는 건 아깝다고.

성령족이, 적 종족인 인간을 지키려 한 것이다.

그리고 발뭉은 살아남았다.

리쿠겐 쿄코는 성령족과 함께 봉인되었다. 발뭉에게는 결코 만족스러운 '결판'이라 부를 수 없었으리라.

"······나는 모르겠다. 마지막까지, 그 녀석은 불가사의한 녀석이었으니까."

반복했다.

자신에게 들려주려는 걸지도 모른다. 그런 공백의 시간을 거친 뒤.

"하나 알게 된 것은, 성령족은 말이 전혀 안 통하는 괴물인 건 아니었다는 거다. 뭔가 다른 길을 모색할 가능성은 있었을지도 모르지. ······이제 와서는 뒤늦은 일이지만."

"뒤늦은 일은 아니야."

"······뭐?"

"나도 그래, 발뭉 지휘관."

후회.

그것도 악몽으로 나올 정도로.

──구할 수 없었어. 하지만 이건 어쩔 수 없는 일이야.

──인간의 평온과는 바꿀 수 없어.

자신을 억지로 타이르면서 이게 이상적인 결말이라고 생각한다.

그런 건 이제 사양이다.

"여기서 끝이라면서, 거기서 포기하고 싶지 않아!"

아룡조를 움켜쥐었다.
드레이크 네일

말은 필요 없다──.

소유자인 카이의 의지를 반영하듯이, 중후한 검은 총검이 순식간에 빛을 발하며 투명해지면서 양광색의 칼날로 바뀌었다.

코드 홀더.

그 칼끝을 천사상에 들이밀었다.

"카이?! 대체 뭘?"

"아직 이 녀석이 남아 있어. 아까 잔에게 말했잖아. 래스터라이저의 석화가 아수라소라카의 석화와 같은 힘이라면──."

세계종과 래스터라이저는 동일 존재.

그렇다면 린네의 힘이 깃든 코드 홀더로, 래스터라이저의 힘에 대항할 수 있을 거다.

이 석화도 벨 수 있다.

"이 녀석을 해방하겠어!"

칼날이, 반짝였다.

돌 표면 몇 밀리미터 지점을 베듯이 코드 홀더를 휘둘렀다. 까앙, 하는 메마른 소리를 내며 돌조각이 흩날렸고.

눈처럼 하얀 빛의 입자가, 석상 균열에서 분출되었다.

묘소의 방이 한낮처럼 눈부시게 밝아졌다.
"우와악?! 누, 눈부셔……?!"
"카이?! 너 잠깐, 대체 뭘?!"
강렬한 빛이 눈에 직격한 사키와 애슐린이 비명을 질렀고, 잔이나 화린도 빛에 밀려서 뒷걸음질 쳤다.
약해지는 빛.
분출하는 광채가 잦아들자, 천사상은 여전히 돌의 모습 그대로였다.
"……바로 재생하지는 않나. 그렇게 마음대로 되지는 않네."
한 번 더.
코드 홀더를 다시 휘두르려고 카이가 힘을 준, 그 직전.
아래쪽 바닥이 들썩였다.
──극대 충격파.
검은 피라미드 그 자체를 뒤흔드는 막대한 폭발과 충격이 카이를 포함한 이 자리의 사람 모두를 벽에 내리꽂았다.
"큭……. 뭐냐! 천사의 석상인가?"
"무사하십니까, 잔 님. 지금 이건 외부에서 온 충격입니다. 마치 대포의 직격을 맞은 듯한 파괴력이었지만요."

잔을 받쳐준 화린이 입구 방향을 노려봤다.

"발뭉 공, 지금 이건."

"모른다. 바깥에는 내 부하들이 대기하고 있어. 대체 무슨 일이 있었던 거냐!"

무릎을 꿇은 발뭉이 황급히 몸을 일으켰다. 따라오라며 전속력으로 입구로 달려가는 걸 쫓아서 카이도 통로를 달렸다.

눈부신 햇살.

활짝 열린 기계 문을 뛰쳐나가 밖으로. 그 너머의 상공에서.

"……저 녀석은 뭐야……?"

카이는――.

그 대시조와의 만남과도 필적하는, 숨조차 막히는 충격을 체감했다.

『알프레이야의 힘이 느껴진다. 그렇군. 묘소에 숨어있었을 줄이야.』

황금빛 새.

용과도 필적하는 거구가 신성한 빛을 발하며 창궁을 날고 있었다.

……저 황금빛 날개.

……우리가 도중에 주웠던 깃털의 주인인가?!

극채색 머리와 부리, 황금의 깃털을 가진 거대한 새.

위대한 낙원의 사자――.

고대 신앙에서 『극락조』라 불리던 신화 속 존재가 지금, 지상의 인류반기군을 포함한 인간을 내려다보고 있었다.

『나는, 위대한 신의 사자이니.』

　지상의 용병들을 내려다보고.

　그리고 묘소 입구에 선 카이에게 시선을 옮기더니.

『멸망하라.』

　극락조는 그렇게 선언했다.

『천사 알프레이야, 이 세계에 그대들 만신족은 필요 없다.』

1

찌릿찌릿.

대기가 크게 흔들릴 때마다 귀 안쪽에서 고막이 욱신거린다.

이건 카이뿐만이 아니다.

묘소 입구에 선 잔이나 화린, 발뭉, 사키와 애슐런. 지상에 서 있는 유룬 인류반기군의 병사들도 똑같은 현상을 체감하고 있을 거다.

……목소리 같은 게 아니야.

……거대한 에너지를 귀에 직접 꽂아 넣는 것 같은 감각이야.

목 뒤편에서 오한이 감돈다.

하늘에 갑자기 나타난, 저 신성한 거조의 중압으로 인해.

『_____.』

황금빛 극락조.

환수족은 아니다.

이렇게나 거대한 짐승은 환수족밖에 생각할 수 없지만, 환수족은 강대무비한 거구와 맞바꿔서 법력 기관이 퇴화되었다.

그 잔재가 용의 숨결이고, 기껏해야 아룡처럼 불을 뿜는 정도다.

하지만 이 새는 어떤가?

황금빛으로 빛나는 깃털 하나하나에서 명백하게 법력의 방출인 빛의 입자가 흘러나오고 있지 않은가.

『알프레이야의 힘이 돌아오고 있는 것이 느껴진다.』

극락조가 눈을 돌린 곳은 카이 일행의 뒤쪽── 묘소 입구로 통하는 내부를 내다보듯이 노려봤다.

『광체 이프에게 친언. 이미 주천 알프레이야는 재생하고 있다. 하얀 묘소에 봉인할 시간은 없다. 어찌하는가?』

"……대시조?"

극락조가 꺼낸 그 말을 듣자, 카이는 튕기듯이 정신을 차렸다.

신의 사자를 칭하는 짐승.

……지금 광제 이프라고 했지?

……설마 사자라는 건 그런 뜻인가. 예언신의 사자!

광제 이프, 운명룡 미스칼셰로, 기원자 아수라소라카.

이 세 명의 대시조가 보낸 거다.

"만신족의 영웅 알프레이야가 봉인되지 않은 걸 알고 있었나……."

그래서 깃털이 떨어져 있었다.

모종의 수단으로 이 주변이 수상하다고 보고 날아다니고 있었겠지.

『──알았다.』

극락조가 날개를 펄럭였다.

『이 묘소와 함께 심판을 집행한다.』

그것이 무엇을 의미하는가.

용병들이 머리 위의 이변을 눈치챘을 때는 이미 『하늘의 심판』이 현현하고 있었다.

——신화 재현 『Xeyubel hid』.
(용서받지 못할 하늘)

신성한 사자의 더 위쪽에서.

하늘에 거대한 원환이 그려졌고, 그곳에서 떨어진 것은 새파랗게 불타는 거대한 운석. 그것이 칠흑의 피라미드를 향해 일직선으로 낙하했다.

위험해.

"전원 숙여! 날아갈 거야!"

카이는 목이 찢어질 것처럼 강하게 외쳤다.

그리고.

——충격.

이 자리에 있던 모두가 의식을 잃었다.

불타는 운석에 맞은 묘소의 외벽이 크게 찌그러졌다. 그 굉음과 충격은 이미 인간의 육체가 버틸 수 있는 한계를 넘어서 있었다.

…………

………………

…………………나……는…….

투둑투둑.

뺨에 쏟아지는 파편의 아픔으로 눈을 떴을 때, 카이는 코드 홀더를 움켜쥔 채 묘소 입구에 쓰러져 있었다.

"큭……. 잔은 무사한가?! 발뭉 지휘관은?!"

휘청거리며 몸을 일으켰다.

조명이 격하게 점멸을 반복하는 가운데, 화린과 잔의 목소리가 들렸다.

"잔 님, 다치신 곳은 없으십니까?"

"……나는 문제없어. 하지만…… 얼마나 의식을 잃었지?"

잔은 이마를 누르면서 화린의 부축을 받아 일어났다.

그 옆에는 발뭉. 사키와 애슐런은 충격 때문에 안쪽으로 날아갔는지, 통로 모퉁이에서 두 사람의 발소리가 뒤늦게 들렸다.

『묘소의 수호가 화근이 되었나. 알프레이야의 파괴까지는 이르지 못했다.』

극락조는 치솟는 분진을 그 날개로 날려버렸다.

묘소 벽에는 커다란 구멍이 뚫렸지만 내부까지는 관통하지 못했다. 4종족을 봉인하기 위한 내부 구조가 어마어마하게 강고하기 때문이리라.

『그러나 외벽은 멸했다. 다음으로——.』

"이 자시이익! 대체 뭐 하는 놈이냐. 무슨 짓을 하는 거냐!"

발뭉의 포효가 메아리쳤다.

눈에 핏발이 선 지휘관이 가리킨 곳에는 땅에 쓰러진 용병들이 있었다.

"예언신이라는 놈들의 사자인가?! 묘소를 파괴한다고?! 잠깐 기다려라. 네놈의 공격으로 내 부하가 얼마나 다친 줄 아는 거냐!"

운석이 직격한 건 아니다.

운석이 묘소 외벽을 파괴하자 수십만이나 되는 막대한 돌 조각이 호우처럼 지상에 쏟아졌다.

거의 우박 같은 수 센티미터 사이즈다.

그러나 이 정도의 파괴 에너지로 가속한다면 작은 조각이라도 기관총 일제 사격 같은 셈이다. 흩어진 상황에 따라서는 대참사가 일어났을 거다.

……그래. 우리도.

……운석이 직격하지 않았던 건 운이 좋았을 뿐이야.

운석의 목표는 피라미드 측면 벽이었고, 카이 일행이 서 있는 정면 문에서 틀어진 위치에 낙하했다. 그래서 살았을 뿐이다.

"다들 무사한가?!"

발몽이 지상의 용병들에게 목소리를 높였다.

"그리고 괴조! 네놈이 예언신의 사자라면 인간의 편 아니냐. 상황을 생각해라. 여기에 얼마나 많은 이들이 있다고 생각하는 거냐!"

『…………』

"이봐, 듣고 있는 거냐?! 사람 말은──."

『만신족을 숨긴 죄는 무겁다.』

극락조가 반파된 묘소를 가만히 내려다봤다.

『그러니 나는 천공의 심판을 내릴 뿐.』

"그, 그러니까 상황을 보라는 거다! 이 피라미드는 조사가 끝나지 않았다. 애초에 나와 내 부하들도 아직 철수를——."

『유예는 없다.』

쏟아지는 부정.

신의 사자를 자칭하는 짐승의 한마디가 발몽의 말을 절반쯤에서 잘라냈다.

『천사는 곧 소생할 것이다. 그보다 먼저 파괴를 실행한다.』

"네놈?!"

『대시조의 말은 모든 것에 우선된다.』

인간의 피해는 아무래도 좋다.

알프레이야가 부활한다는 사실 앞에서 대시조가 본성을 드러낸 순간이었다.

인간의 평화는 결과에 불과하다.

대시조는 그저, 자신들을 위협할 힘을 가진 4종족을 배제하기 위해 인간에게 힘을 빌려줬을 뿐.

"……가면을 스스로 벗어던진 건가."

코드 홀더를 움켜쥔 카이가 외쳤다.

"4종족은 봉인되었고 남은 것도 알프레이야 하나. 이제 본성을 드러내도 상관없다는 거겠지. ……잔!"

"큭."

"석상을 묘소 안쪽으로 옮기는 거야. 앞으로 몇 발을 맞아도 이곳은 아직 붕괴하지 않아!"

주천 알프레이야의 석상을 가리켰다.

"이제 알게 됐잖아. 예언신 같은 건 거짓된 신에 불과해. 이 녀석들의 뜻대로 되어서는 안 된다고!"

"————."

"잔!"

"……알았다."

잔은 망설임을 뿌리치듯이 입술을 깨물었다.

그녀도 마음속에 갈등은 있었을 거다.

예언신이라는 것을 진심으로 믿지 못하더라도, 인간의 평온을 위해서 받아들여야만 한다는 갈등———.

그것이 잘못이었다고 결단한 거다.

"사키, 애슐런! 이 석상을 더 깊은 위치로 옮길 거다. 가자!"

"……이 석상을 우리끼리만 옮긴다고요?!"

"엄청 무거워! 저기, 애슐런. 더 위로 들어올려야 해!"

사키와 애슐런이 알프레이야의 석상을 안아 들었다.

잔과 화린은 그 두 사람을 선도해서 안쪽으로 달렸다.

"너희, 뭘 멍하니 있는 거냐!"

발뭉이 외쳤다.

묘소 언덕길을 내려가면서 극락조를 올려다보는 부하들에게 노성을 퍼부었다.

"서둘러 요격하고 부상자를 구조하라! 저 거조가 무엇이든 상관 마라. 적어도 나는, 나의 부하에게 상처를 준 괴물을 신앙할 생각은 없다!"

『나는, 사나운 하늘의 화신이기에.』

사자는 그런 발뭉의 외침은 아랑곳하지 않았다.

『심판을 계속한다.』

구름이 소용돌이치며 모여들었다.

이 세상에서 가장 신성한 거조의 힘이, 거대한 법술 원환으로 구현화되었고——.

『멸망하라, 만신족.』

푸르게 타오르는 운석이 다시 지상을 향해 떨어졌다.

=====

검은 묘소 내부——.

차갑고 고인 공기 속에서. 다수의 발소리와 거친 숨소리가 메아리쳤다.

"잔 님, 이쪽입니다."

"조심해, 화린. 이 묘소 안쪽은 여전히 탐색되지 않았어. 아직 래스터라이저가 잠복해 있을지도 몰라. 게다가——."

선두를 가던 화린을 멈춘 잔이 어두운 통로를 돌아봤다.

"사키 상급병, 애슐런 상급병. 아직 옮길 수 있겠나?"

"……어, 어떻게든요."

"……솔직히 말해서 무지 무겁지만요……. 그러니까 애슐런, 발 멈추지 말라니까."

"어두워서 잘 안 보인다고."

석상을 둘이서 옮기는 부하들.

천사의 거구── 발뭉과도 비견되는 체격을 가진 주천 알프레이야의 전신이 돌로 변한 것이다. 질량은 100킬로그램 수준이 아닐 것이다.

"역시 나도 도와야겠어."

"아, 아뇨아뇨아뇨. 잔 님?! 이런 건 우리 말단의 일이니까요. 잔 님을 번거롭게 할 수는 없죠!"

"마, 맞아요! 아무쪼록 앞으로 가세요!"

사키와 애슐런이 크게 당황했다.

송구스러워하며 고개를 젓는 두 사람. 익숙한 부하의 반응이지만 그 광경을 본 잔의 뇌리에 문득 카이와 했던 대화가 스쳤다.

카이가 있던 세계의, '또 하나의 자신'에 관해서──.

'인간이 5종족 대전에서 승리한 뒤에는, 4종족을 봉인하는 묘소라는 곳이 생겼어.'

'나는 어떤 느낌이었어? 나는 지휘관이었어?'

'설마.'

카이는 말했었다.

또 하나의 역사에서 잔은 그냥 일반병. 카이는 물론 사키나 애슐런과도 같은 동료였다고.

"_____."

지금의 자신하고는 상관없는 일이다.

그런데 어째서, 이 타이밍에 떠올리고만 걸까.

……아니야. '지금'이니까 떠올린 걸까?

……한참 전에 카이가 말했던 거짓말 같은 미래가, 이 세계에서 정말로 실현되었으니까.

5종족 대전은 인간의 승리로 끝났다고.

처음 만났을 때부터 카이는 일관적으로 그렇게 말해왔다. 이 세계의 잔은 도저히 믿을 수 없었지만, 그야말로 카이가 말했던 역사가 실현되었다.

"……같은 처지의 동료. 조금 알게 된 느낌이 들어."

"잔 님? 왜 그러시나요?"

"갑자기 입을 다무시다니 왜 그러시죠?"

"……역시 나도 돕겠어. 너희에게만 맡겨둘 때가 아니야."

"넷?! 아, 아뇨아뇨. 저희 부하만으로도 충분하거든요!"

"이런 상황에서는 부하고 지휘관이고 상관없겠지. 필요한 건 인원이야."

석상의 날개에 손을 댔다.

셋이서 옮기는데도 손이 끊어질 듯한 무게를 가진 천사를 내려다보며, 다시 화린을 불렀다.

"화린, 미안하지만 손을──."

──두 번째 운석이 묘소 외벽을 꿰뚫었다.

파괴 에너지가 묘소 심층부까지 도달.

"큭?!"

시야가 어두워졌다.

유룬 인류반기군이 달아둔 조명이 꺼지고 깜깜해졌다. 벽에 손을 짚을 수도 없었던 잔은 천사상을 내팽개치고 바닥에 쓰러졌다.

"아얏!"

"자, 잠깐 애슐런 너 어딜 만지는 거야. 변태!"

"깜깜해서 안 보이니까 알 수 있을 리가 없잖아?!"

"안 보여도 엉덩이 정도는 알 수 있잖아! 아니, 무슨 소리를 하게 만드는 거야. 바보바보!"

"──너희는 잠시 입을 다물어라."

화린의 한마디.

수십 센티미터 너머도 보이지 않는 칠흑 같은 세계에서, "……네."라는 참으로 연약한 두 사람의 대답이 들렸다.

"잔 님. 무사하십니까."

"문제없어. 하지만 불빛이 꺼져서 눈이 익숙해질 때까지 움직이지 못할 것 같군. 지금 충격은 밖에 있는 그 거조인가……."

"틀림없겠죠. 아직은 어느 정도 버티겠지만, 공격을 몇 번 더 받으면 여기도 무너질지 모릅니다."

붕괴에 말려든다.

이런 암흑 속에서는 생매장당할 게 확실하다.

"따라서 중요한 건 양자택일입니다."

암흑 속에서 어렴풋이 들리는 화린의 목소리.

"묘소 더 깊은 곳까지 들어가거나, 석상을 여기에 두고 방향 전환해서 밖으로 도망치거나. 어느 쪽도 위험하긴 하지만요."

현재 이 자리는 언제 천장이 무너질지 알 수 없다.

더 안쪽으로 피난해도 생매장당할 위험이 높아질 뿐. 그렇다고 피라미드 밖으로 나가도 극락조의 법술에 얻어맞을 것이다.

"……고육지책이로군."

모든 선택을 머릿속으로 상정했다. 생존 가능성이 높은 건 밖으로 되돌아가는 건가? 아니면 더 심부로 들어가는 건가?

툭.

어둠 속에서 누군가가 잔의 발목을 건드렸다. 게다가 만지는 것만이 아니라 발목을 어마어마한 힘으로 움켜잡았다.

누구지?

"애슐런인가? 쓰러져 있다면 손을 빌려줄 텐데."

"네? 아, 아뇨. 저는 아무 짓도 안 했는데요."

대각선 전방에서 목소리가 들렸다.

"그럼 사키?"

"네? 전 여기 있는데요."

그 목소리도 대각선 전방에서.

화린은 약간 후방에 있었을 거다. 그렇다면 자신의 발목을 붙잡은 건——.

"⋯⋯⋯⋯거기 인간⋯⋯."

빛이 두둥실 켜졌다.

잔의 발밑에서 생겨난 어렴풋한 빛이 천천히 퍼져서, 빛이 없던 어둠을 연약하게 지웠다.

빛이, 바닥에 누운 대천사를 비췄다.

"⋯⋯너다. 은발의 지휘관⋯⋯."

"알프레이야?!"

석화가 풀려가고 있다.

푸른색과 하얀색 천의(天衣)를 걸친 상반신은 석화가 풀려서, 가까스로 움직이는 오른팔로 잔의 발목을 간신히 붙잡은 거다.

"⋯⋯레이렌의 법력이 느껴진다."

"읏!"

주천 알프레이야가 잔에게 매달린 이유는──.

지금까지 줄곧 행동을 함께하던 엘프의 힘이 남아 있었으니까.

그러나 뭐라고 말해야 할까?

레이렌을 포함한 만신족은 봉인당했다. 그 사실을 말하면 이 대천사는 격노할 것이 틀림없다.

"⋯⋯그게, 레이렌은."

"나를⋯⋯ 그 인간의 곁으로 데려가라⋯⋯."

"뭐?"

저도 모르게 되묻고 말았다.

만신족에 관해 물어보려나 했는데, 맨 먼저 나온 말이 "그 인간의 곁으로." 라니 어떻게 된 걸까.

만신족의 영웅이 신경 쓸 정도의 인간?

그런 자가 있다면, 잔에게 떠오르는 건 한 명밖에 없다.

"……카이 말이냐?"

"나는 아직 움직일 수 없다. 그러니…… 그대에게 부탁할 수밖에 없지."

주천 알프레이야의 목소리에 힘이 담겼다.

하반신과 날개의 석화는 아직 풀리지 않았다. 한 발짝도 움직일 수 없지만 잔을 올려다보는 대천사의 눈동자는 찬란하게 빛나고 있었다.

"서둘러라. 이대로 가면 바깥의 괴물이 모든 걸 태워버릴 거다!"

2

구름이 떠밀린다.

극락조가 방출하는 막대한 법력이 파도가 되어 창궁의 구름을 흐트러뜨리면서 퍼지고 있었다.

……구름이 떠밀려서 끝부분부터 찢어지고 있어.

……마치 태풍의 전조처럼.

자연재해급.

그저 하늘에 있기만 해도 이렇게나 광범위로 심상치 않은 현상을 일으키는 건가.

"구호를 서둘러라! 이 녀석을 차에 태우고 지혈해라!"

쓰러진 부하 한 명을 안아 든 사람은 발뭉이다.

다른 한 손으로는 통신기를 움켜쥐고 있다.

"본부 통신실, 들리나. 이쪽은 원정 부대. 검은 피라미드를 경계하던 중에 정체불명의 괴물과 마주쳤다. 지금 당장 구원부대를 보내라! ——그리고 카이, 뭘 하는 거냐?!"

"세 번째를 막겠어."

지상의 용병들이 올려다보는 높이.

검은 피라미드의 거의 중턱. 카이는 거대한 돌 입방체가 쌓여 있는 그 계단을 일직선으로 올라갔다.

묘소의 정면에서 측면으로.

"다음에 저 운석이 떨어지면 이번에야말로 외벽을 뚫고 내부가 붕괴할 거야. 잔 일행이 있는 장소가 무너지면 큰일이야."

"뭣?! 바보 같은 짓은 그만둬라. 네가 저 운석에 뭉개질 거다!"

으르렁대는 바람 소리가 발뭉의 목소리를 지웠다.

카이가 올려다보는 아득한 상공에서.

——『Xeyubel hid』.
<small>용서받지 못할 하늘</small>

세 번째가 되는 거대한 운석이 묘소 그 자체를 소멸시키기 위해 떨어졌다.

이미 외벽은 산산조각 났다.

이 세 번째 공격으로 외곽이 무너지면 피라미드 그 자체가 붕괴할 거다. 내부에 있는 잔 일행도 말려든다.

"알고 있어. 그게 너희 대시조의 본성이라는 것 정도는……!"

날아오는 운석.

그 초질량의 법술을 향해, 카이는 오른손에 쥔 양광색 검을 치켜들었다.

……부탁해. 린네.

……함께 싸워줘.

세계종 린네의 코드 홀더.

"베어버려라!"

반짝이는 검광이, 불타는 운석을 갈랐다.

코드 홀더의 칼끝이 별을 부수고 무수한 조각이 된 운석의 잔해가 피라미드 주변에 쏟아졌다.

"공교롭게도 두 번째거든. 운석이라면 명제 바네사가 비슷한 법술을 보여준 적이 있어!"

『그 힘은?!』

극락조가 날개를 펄럭이며 전율했다.

『코드 홀더. 아수라소라카와는 다른 힘……. 참으로 한탄스럽군. 나의 심판을 거부하는가.』

"지금까지 제멋대로 당해왔으니까. 당연하지."

양광색의 칼날을 하늘로 겨눴다.

극락조는 아득한 상공. 날개를 가진 상대는 카이에게는 천적이다. 세계종의 검이라도 닿지 않으면 의미가 없다.

……여기서는 시간 벌이가 한계야.

……어떻게든 저 녀석을 지면에 떨어뜨려야 한다. 그래야 손

댈 수가 있다.

극락조도 그건 알고 있다.

아무리 코드 홀더로 묘소를 향한 공격을 막는다 해도, 저 칼날이 자신에게 닿는 일은 없다고 확신하고 있을 거다.

"——포격 준비!"

발몽의 포효가 끼어들었다.

카이와 극락조 양자가 돌아봤다. 발몽의 뒤에 집결한 용병들이 그레네이드 런처를 든 모습. 그 포구가 하늘로 향했다.

"격추해라!"

새파란 하늘에 화약의 불꽃이 피었다.

적을 불태우는 소이탄이 수십 발이나 작렬했고, 극락조의 거구조차 삼키는 불꽃이 되어 하늘을 물들였다.

『그것으로 나에게 이빨을 들이댈 생각인가?』

폭염이 사라졌다.

불똥으로 채색된 극락조는 더욱 눈부시게 빛났고, 조금의 그을음도 묻지 않았다.

"……이럴 수가?! 대성령족 소이탄이?!"

"겁먹지 마라!"

부하의 비명 속에서 발몽이 더욱 커다란 소리를 내질렀다.

동요하는 부하들에게.

"녀석의 깃털이 어마어마하게 강인하리라는 건 예측했다. 이오 인류반기군에게서 대환수족 철갑탄을 도입했다. 재빨리 교체해라!"

『헛되도다.』

거조의 목소리에 섞인 어이없다는 감정.

표적을, 묘소에서 지상으로.

『하늘의 심판이라 알거라. 이 대지를 불태우는 불꽃을.』

"──네가 하늘의 대행자라고? 우스꽝스럽구나. 하늘은 누구의 편도 아니다."

목소리는 검은 피라미드에서.

카이의 바로 뒤편, 정면 문에서 드높게 울려 퍼졌다.

"하나 가르쳐 주마. 하늘은, 하늘을 오판하는 자에야말로 심판을 내린다."

마 니 피 캇
──악성(樂聖)『하늘의 진뢰(震雷)』.

지고한 곳에서 떨어지는 뇌격.

하나의 거대한 번개 기둥이 수백 개나 되는 빛의 실로 분열하여 극락조를 뇌광색으로 물들였다.

눈을 깜빡이는 것조차 허락되지 않는 신속으로.

수백 개나 되는 뇌격이 전후좌우, 모든 상공 전방위에서 극락조의 전신을 물어뜯었다.

『으으으으윽?!』

날개가 타버린 거조가 휘청거렸다.

격렬한 손상으로 비행을 유지하지 못해서 그대로 추락하듯이 묘소 눈앞에 낙하했다.

『……주천 알프레이야. 네놈의 재생이 용서받을 수 있으리라 생각하는가!』

"용서를 구할 생각은 없다."

주천 알프레이야――.

백은색 지휘봉을 쥔 대천사가 여전히 돌로 이루어진 양발을 끌면서 묘소 정면 문에 서 있었다.

자력으로 서지 못해서, 애슐린의 어깨를 빌리며.

"내가 용서를 청할 곳은 하늘 단 하나. 어디의 누구인지도 모를 네놈은 아니다."

『닥쳐라! 나를 더러운 땅으로 내려서게 한 대죄. 백 갈래로 찢어도 남을 정도로다!』

극락조가 날개를 펄럭였다.

땅에 떨어진 거구가 떠오르면서 힘차게 하늘로 날아오르려 했다.

『알프레이야, 이 자리에서 묘소와 함께――.』

"어디를 보고 있지?"

『윽?!』

"지상에 있는 나를 돌아보지도 않다니. 인간을 너무 얕봤어."

검은 피라미드에서 일직선으로 달려 내려온 카이는 공중에 떠오른 극락조를 향해 전력으로 땅을 박찼다.

――일섬.

코드 홀더가 황금빛 날개 한쪽을 잘라냈다. 화륵, 하고 불타오르는 소리를 내며 수백 개나 되는 깃털이 날아올랐다.

『나의 날개를?!』

"놓칠 것 같으냐!"

『……모든 것은 위대한 의지의 뜻대로.』

불꽃이 터지는 소리.

카이가 벤 날개에서 날아오른 무수한 깃털이 붉은 빛을 발하며 부풀어 올랐다.

뭐지?

하나 깨달은 건, 그 빛이 강렬한 법력이라는 것이다.

"이런?! 카이, 물러나라!"

발뭉이 목소리를 높였다.

역전의 용병이기에 이것과 비슷한 광경이 뇌리를 스친 것이다.

성령족의 함정. 궁지에 몰린 것처럼 꾸미고 본체에서 분신을 떼어낸 뒤에 그 분신을 폭발시켜서 적을 길동무로 삼는다.

"그 깃털이 녀석의 분신이라면, 뭔가 꾸미고 있는 거다!"

"……큭?!"

전력으로 물러났다.

그런 카이의 눈앞에서, 극락조에게서 떨어진 무수한 깃털이 터졌다.

──연쇄되는 대폭발.

지면을 도려내는 파괴력이 작렬하면서 지면에 거대한 크레이터가 형성되었다.

뭉게뭉게 피어오르는 그을림과 흙먼지.

모든 시야가 막힌 가운데 카이나 발뭉, 지상의 용병들이 모두 숨을 삼키고 바라보는 곳에서.

"⋯⋯어느새."

황금빛 거조가 하늘 저편으로 날아올랐다.

동쪽 하늘로.

그 신성한 모습은 햇살에 동화되듯이 사라졌다.

3

반파된 검은 피라미드.

데구르르⋯⋯.

데구르르.

부서진 잔해가 된 외벽의 돌이 불어오는 바람에 휩쓸려 피라미드 경사면에 굴러 떨어졌다.

"부상자 치료를 서둘러라. 구원부대가 도착할 때까지 소독과 지혈을 철저하게 해라. 남은 이들은 감시를 계속한다!"

"발뭉 지휘관."

군용 텐트를 오가는 사자왕에게 카이가 뒤에서 말을 걸었다.

그리고 검은 피라미드를 향해 걸어갔다.

"일단 제 쪽에서 이야기는 끝냈습니다. ⋯⋯만신족의 영웅 알프레이아. 뭐랄까, 생각보다 더 냉정하더군요. 제가 처음에 이오 연방에서 싸웠을 때와는 다른 사람인 것처럼요."

"전부 이야기한 거냐?"

"물론이죠. 만신족이 봉인된 것도, 다른 종족도 영웅과 함께 모두 봉인되었다는 것도. 그리고 대시조에 대한 것도요."

"······녀석은 뭐라고 했나?"

"한마디만. '모든 건 나의 잘못 때문이다.' 라더군요."

유룬 인류반기군의 거점에서 수백 미터 떨어진 곳.

피라미드 기슭에는 잔과 화린, 사키와 애슐런. 그리고 발몽의 부하들 몇 명이 긴장된 표정으로 서 있었다.

그리고――.

피라미드 첫 단에서, 말없이 앉은 대천사가 기다리고 있었다.

"유룬 인류반기군의 지휘관 발몽이다."

나란히 선 부하들을 물린 발몽이 앞으로 나왔다.

"이들에게도 들었겠지만, 내 쪽에서도 근본적인 사항을 확인하고 싶군. 너는 적인가 아군인가."

"그 양자택일이라면 확실히 적이겠지."

"············."

"하지만 현실은 그렇게까지 단순하지 않은 모양이다."

주천 알프레이야가 고개를 들었다.

이미 전신의 석화는 풀렸다. 전성기의 힘을 되찾았을 게 분명하다.

"1년의 불가침 협정이 있었다지? 내가 소멸한 사이, 엘프의 대장로가 거기 인간과 나눈 약속이 있다고 들었다."

'인간은 앞으로 1년간 이 수해에 들어오지 않는다. 그리고 우

리는 인간의 도시에 들어가지 않는다. 괜찮겠죠? 인간의 지휘관 잔.'

　한 시간 전쯤.

　카이가 전한 '모든 경위' 에는, 당연히 이 협정에 관한 것도 들어가 있었다.

　"덧붙이자면."

　알프레이야의 표정에 그늘이 드리워졌다.

　"우리 만신족의 결말에 관해서, 너희 인간에게 딱히 증오를 품을 생각은 없다. 엘프도 천사도 드워프도 요정도…… 동포의 일은, 모두 나의 잘못 때문이니까."

　"지금은 싸울 생각이 없다. 그렇게 이해하면 되겠나?"

　"내 쪽에서 공격할 생각은 없다."

　"충분해. 이봐, 들었겠지? 모두에게 전해라."

　발뭉이 수긍하자 그걸 신호로 부하들이 캠프지로 돌아갔다. 지금 대화는 녹음되었다. 그걸 모두에게 알려주기 위해서이리라.

　"오히려 묻고 싶은 건 내 쪽이다."

　대천사의 눈길이 이쪽으로 향했다.

　"카이라는 자여."

　"……어째서 자신을 부활시켰는가? 그거 말이지?"

　"그렇다. 무슨 의도인가."

　이 자리의 시선이 집중되었다.

주천 알프레이야만이 아니다. 눈앞에 있는 잔이나 발뭉도 당연히 그걸 의문시하고 있을 거다.

　반드시 물을 거다.

　그렇게 확신하고 있었기에, 카이의 대답은 신속했다.

"나만의 의지는 아니야. 계기는 레이렌이었다고 생각해."

"……뭐라고?"

"레이렌이 말했거든. 나에게만 밝히는 비밀이라면서——."

　1년간의 휴전 협정.

　그 1년이 끝난 뒤에 인간과 만신족은 어떻게 되겠느냐는 물음에.

　'앞으로 목숨을 걸고 싸우고 싶다는 생각도 들지 않아.'

　'그대와도. 그리고 잔과도.'

"레이렌이 그런 말을……?!"

　목소리를 높인 건 대천사가 아니라, 이름이 언급된 잔이었다.

"카이, 그건……."

"사화산으로 향하기 전이야. 나와 잔이 따로 행동했을 때가 있었잖아. 그때 레이렌이 말해줬거든."

　만신족은 모두 자부심이 강하다.

　엘프도 그렇다.

　처음 만났을 때의 레이렌은, 인간을 하등 종족이라고밖에 생각하지 않았을 게 분명하다.

……어중간한 각오로는 입에 담지 못했을 거야.

……엘프의 마을에서 만났을 때의 레이렌이었다면 상상할 수도 없었겠지.

그런 엘프의 무녀가 생각을 바꿨다.

바꾼 것만이 아니다. 카이에게 그렇게 밝힐 정도까지 된 것이다.

싸움을 그만두고 싶다고.

"그런 배경이 있었어. 나는 엘프의 무녀가 진심이라고 생각했으니까, 당신에게 전한 거야. 거기서부터는 당신에게 달렸지."

"내가 어떻게 응하는가, 시험해 볼 생각으로 부활시켰다고?"

"레이렌은, 당신을 무척 신뢰하고 있었어."

"핫!"

주천 알프레이야가 웃음을 터뜨렸다.

인간 앞에서, 무방비할 정도로 호들갑스럽게 머리 위를 올려다봤다.

"얄궂군. 진의를 물어볼 작정이었는데, 시험받고 있던 건 나였던가……. 그런가, 레이렌. 그대는 그런 걸…………."

그리고 침묵.

눈을 깜빡이는 것도 아쉬워하며 창궁을 올려다본 채.

"인간 지휘관, 잔이라고 했나."

"나에게 무슨 용무지?"

"엘프의 대장로와 나눈 휴전 협정은 1년이었지. 그걸로 충분한가?"

"……무슨 뜻이지?"

잔이 의아한 듯 눈을 가늘게 떴다.

"1년을 제시한 건 너희고, 우리가 내민 숫자는 아니야."

"그럼 내가 다시 제시하마."

천사의 시점이 잔에게 이동했다.

그 양옆에 선 카이, 발뭉의 얼굴을 바라보면서.

"100년의 정전."

엄숙한 말로 선언했다.

"그동안 올바르게 불가침을 엄수한다면 거기서 100년을 더 연장하겠다."

"……뭐라고?"

"조건은 하나. 지혜를 빌리고 싶다."

깃털이 춤췄다.

하얗고 무구한 깃털이 수십 개나 공중을 날아오른 것과 동시에, 주천 알프레이야가 묘소의 돌단에서 땅에 내려섰다.

"봉인된 만신족의 해방. 그와 함께 인간과의 부전(不戰)을 약속하마."

하늘이 칠흑으로 물들었다.

카이는 유룬 인류반기군의 캠프지에서 검은 묘소가 밤하늘에 녹아내리듯이 동화되는 모습을 말없이 지켜봤다.

정확하게는, 감시하고 있었다.

……정사에서도 검은 묘소를 감시하고 있었지.

……머나먼 옛날 일 같아.

정사에서는 봉인된 4종족이 탈출하지 않게 지켜보고 있었다.

그런데 지금은——.

봉인된 4종족의 해방을 목표로 삼다니, 당시의 자신에게 말한다면 무슨 표정을 지을까.

"아, 그래도 전부터 괴짜 취급을 받았으니까 변함은 없나."

쌍안경을 손에 든 채 쓴웃음을 지었다.

"어~이, 카이. 그쪽은 어때? 이상한 건 전혀 없지? 전혀 없다고 말해줘."

"전혀 없어. 뭔가 있으면 나 말고 다른 파수꾼도 눈치챌 테니까."

뒤에서 다가온 애슐런에게 쌍안경을 던져줬다.

"낮의 그 극락조가 나타날 기색은 없어."

"……그거 다행이네. 그러지 않았다면 이쪽은 쪽잠도 제대로 못 잤을 테니까. 아, 맞다. 텐트 설치 끝났어."

주르륵 늘어선 군용 텐트.

별빛밖에 없는 대자연의 밤에는 텐트 안에서 나오는 빛도 중요한 광원이다. 단, 그곳에서 자고 있는 건 낮의 부상자들이다.

"저쪽의 커다란 텐트하고 지휘관 본부 텐트까지 모조리 의료 텐트라네. 우리처럼 무사한 병사는 남은 빈 텐트에서 잘게 쪼개져서 쪽잠을 자래."

"들었어. 애슐린의 텐트는?"

"나는 제일 안쪽이야. 하아……."

"왜 그래?"

"같은 텐트에서 자는 게 사키하고 화린 님이란 말이야. 같은 우르자 인류반기군이라면서."

애슐린이 무거운 한숨을 내쉬었다.

그것도 진심으로 우울하다는 말투다.

"사키는 잠버릇이 나빠서 옆에 있으면 걷어차고, 화린 님과 같은 텐트라니 긴장돼서 잠도 못 자. 실수라도 저지르면 나이프에 찔힐 것 같으니까."

"뭐~얼 제멋대로 말하는 거야!"

"아얏!"

사키가 던진 휴대용 베개가 애슐린의 뒷머리에 직격.

"너야말로 말해두는데, 밤중에 자는 척하면서 만지거나 그러지 마. 수상한 짓을 했다가는 걷어찰 거거든?"

"아무것도 안 해도 네 잠버릇이 나빠서 걷어차이는 게 내 신세인데?"

"화린 님한테 이를 거니까!"

"그러니까 어째서냐고?!"

"……두 사람 다 기운차네."

사키와 애슐런에게서 등을 돌린 카이도 자기 텐트로 향했다.

감시용 텐트.

카이 자신의 희망으로, 이 캠프지에서 묘소를 볼 수 있는 맨 앞줄로 잡았다. 언제 무슨 일이 일어나더라도 가장 먼저 대응하기 위해서.

……묘소 앞에는 주천 알프레이야가 있어.

……만신족의 영웅이 밤을 새워 지켜봐 준다는 건 든든하네.

천사는 수면이 거의 필요하지 않다.

같은 만신족이라도 엘프인 레이렌은 카이 일행과 맞춰서 잠을 잤지만, 그것도 원래는 엘프답지 않은 습관이었을 거다.

"지금부터야. 대시조가 있는 하얀 묘소를 어떻게든 하려고 해도, 정말로 지금부터가 힘들 테니까……."

심호흡하며 텐트 안으로 들어갔다.

구석에 짐을 두고 텐트 기둥에 드레이크 네일을 세웠다.

"어라?"

자기 침낭 말고 또 하나 침낭이 있는 걸 본 카이는 어리둥절하며 고개를 갸웃했다. 자기 말고도 누가 이 텐트를 쓸 예정인 걸까.

"애슐런인가? 하지만 사키와 화린하고 함께 쓴다고 했는데. 누구지?"

"나야."

"……뭐?"

"텐트가 부족하거든. 부상자를 큰 텐트에서 재우고 있으니까. 긴급사태인데 지휘관만 특별한 침상이니 뭐니 말할 수는 없잖아."

고개를 내민 사람은 잔이었다.

어안이 벙벙해진 카이 앞을 가로질러 텐트 안으로. 갑주를 벗은 얇은 차림새로 "후우." 하고 한숨을 내쉬는 동작이 묘하게 요염했다.

"어라? 왜 그래? 카이."

"아니, 저기……. 지금 뭐라 말해야 좋을지 굉장히 고민돼서."

"여자아이를 빤히 쳐다보는 건 배려가 부족한 게 아닐까?"

"그럼 으으음, 어째서 여기야?"

"텐트가 부족하니까."

"묻는 법이 잘못됐네. 텐트가 부족하더라도, 저기…… 잔은 여자잖아. 화린과 같이 있는 게 최적이 아닐까? 호위잖아."

"안 돼. 왜냐하면 나, 아직 남자 지휘관으로 지내고 있으니까."

정작 본인은 무척이나 진지한 말투였다.

"화린도 한창때 여성이잖아. 그런데 남자 지휘관과 같은 텐트에 들어가면 부하들에게서 괜한 소문이 돌아서 신용을 잃어버려."

"……그런 건가?"

같은 이유로 사키와도 함께할 수 없다.

애슐런과 같은 텐트가 되면 이번에는 잔의 남장이 들켜버린다. 소거법으로 잔의 정체를 아는 카이와 함께할 수밖에 없다.

"새삼스럽지만, 용케 숨기고 있었네."

"나도 매년 힘들게 지내왔어. ……이래 봬도 조금씩 여자다워지고 있으니까."

그러면서 묶은 머리를 스르륵 풀었다.

살랑살랑 등을 흘러 내려가는 잔의 은발은 살짝 빛났고, 매끄러운 머리카락의 질감도 카이의 단단한 머리카락과는 전혀 닮지 않았다.

"……가슴이 작아서 남성용 셔츠로도 어떻게든 넘어갈 수 있는 건, 복잡한 심경이지만."

"응?"

"아, 아무것도 아니야! 혼잣말!"

목소리가 너무 작아서 들리지 않았다.

되물었지만 잔은 부끄러운 듯 고개를 돌려버렸다.

"아무튼 그렇게 된 거야. 내가 남장하며 보내는 동안에는 잘 곳도 고민해야 해."

"알았어. 그래서, 이건 나의 단순한 의문인데……."

"안 돼."

"아직 아무 말도 안 했거든?!"

"말하지 않아도 표정으로 알 수 있어."

바닥에 앉은 잔이 이쪽을 향해 손가락을 척 가리켰다.

" '슬슬 잔의 정체를 밝혀도 되지 않을까?' 라고. 그렇게 말하려는 표정이었어. 악마에게서 수도 우르자크를 되찾기도 했으니까. 이제 와서 내가 여자라고 해도 부하들의 신뢰가 흔들릴 일은 없다는 이유지?"

"……정답이야. 그런데 왜 안 되는데?"

"그건 마땅할 때, 마땅한 곳에서 해야 해. 왕도 우르자크에서. 이상을 말하자면 내가 지휘관에서 은퇴할 때가 좋겠네."

벗은 갑주로 손을 뻗었다.

매끄러운 금속 표면을 손끝으로 덧그리던 잔은 살짝 쓴웃음을 지었다.

"……조금 더 걸릴 것 같지만."

잔의 작은 쓴웃음.

그러더니, 카이 앞에서 엎드리고는 의미심장한 눈초리로 카이를 올려다봤다.

"?"

"마사지를 해줬으면 좋겠다고 조르는 눈이야. 오늘도 하루 내내 무거운 갑옷을 입고 있었으니까. 어깨도 등도 아파서 견딜 수가 없다니까."

"……어르신 같네."

"카이는 배려가 부족하다는 말 자주 듣지 않아? 나 말고도."

"_____."

들고 보니 그랬던 것 같다.

정사에서, 그것도 잔이나 사키에게 빈번히 들었다.

"나에게 잘못은 없었을 텐데⋯⋯."

"들었지?"

"이쪽에서도 들을 줄은 몰랐어. ⋯⋯그래그래."

잔의 등을 지압했다.

그렇지만 한창때 여자를 이렇게 당당하게 만지는 것에 익숙해질 리가 없다.

근육은 제대로 잡혀있는데도 놀랄 만큼 부드럽다. ──이런 피부 감촉은 카이에게는 미지나 다름없는 감각이다.

"아, 아얏. 조금 살살 해달라니까."

잔이 살짝 비명을 질렀다.

"정말이지. 등골이 부러지는 줄 알았어."

"⋯⋯골절과 출혈의 응급조치라면 특기지만. 마사지 지식은 없어."

"흐으응?"

누워있던 잔이 웃긴다는 표정을 지었다.

"의외네. 카이도 못하는 게 있다니."

"마사지 전문 지식 같은 게 있을 리가 없잖아?"

"응. 그래도 내 눈에는, 네가 뭐든지 가능하고 뭐든지 아는 만능으로 보였어."

"내가?"

"맞아. 우리 우르자 인류반기군은 줄곧 악마족에게 시달려 왔어. 그런데 갑자기 나타난 너는 드레이크 네일이라는 미지의 무기를 가지고 있었고, 우리도 모르던 악마족의 지식을 알려주고, 그리고 바네사를 꺾고 왕도를 되찾게 해줬지."

"…………."

"처음에는 어떻게 꺾었는지 반신반의였지만, 그것도 금방 알게 되었어. 이오 연방에서 만신족의 영웅 알프레이야과 싸웠을 때. 카이가 죽을힘을 다해 싸우는 모습을 보고 '아아, 바네사와 싸웠을 때도 분명 이랬겠구나…….' 라고 생각했지."

이 세계의 인류반기군과 전혀 다르지 않다.

그저 무아지경으로 도전했을 뿐.

"반대로 기뻤어. 그렇다면 인류반기군도 똑같은 일을 할 수 있겠다고 생각했으니까."

"다행이네."

"화린이 말이지, 웬일로 농담을 하더라."

누워있던 소녀가 키득 웃었다.

"'잔 님이 그 녀석과 결혼하겠다고 말씀하셔도, 저는 반대하지 않습니다.' 라고."

"뭐?!"

"아얏. 정말, 너무 강하잖아. 더 살살 눌러줘."

"……동요하게 만든 게 누군데."

자신의 잘못은 아니다.

잔의 너무나도 뜬금없는 발언 탓에 무심코 마사지하던 손에 힘이 들어가 버렸으니까.

"화린이 그런 말을 한 건 처음이야. 언제나 나한테 쓸데없는 남자가 붙지 않게 눈을 번뜩이고 있었으니까. '제가 인정하는 남자가 아니라면 허락하지 않습니다.' 라면서."

"······뼛속까지 호위네."

"동요해 줘서 기쁘네. 만약 안색 하나 바꾸지 않고 '흐~응.'으로 끝냈다면 역시 좀 슬펐을 테니까. 내가 그렇게 매력이 없나 하고. 그리고, 카이도 제대로 남자다운 반응을 보여주는구나."

"뭐야 그게······."

참 대답하기 곤란하다.

수상쩍고 의미심장한 미소를 지은 잔을 내려다본 카이는 "마사지는 끝이야."라며 어깨를 으쓱했다.

"이제 됐잖아. 너무 오래 깨어있으면 수면 시간이 없어지니까."

"아, 잠깐만. 카이."

텐트 안의 조명을 끄려던 직전.

그런 카이의 손에, 일어난 잔의 손끝이 닿았다. 돌아봤다. 바로 앞쪽에 자세를 바로잡은 잔이 있었다.

"······딱 하나만. 얼굴과 얼굴을 확실히 마주하면서 사과하고 싶었어."

뭘?

은발의 소녀는 그렇게 묻는 걸 기다리지 않고 말을 이었다.

"나는 오늘 아침 그 극락조를 볼 때까지 4종족이라는 적이 사라진 것에 안도하고 있었어. 예언신의 뜻대로라고 해도. ……카이는 화내겠지만, 린네나 레이렌의 희생을 각오하더라도 이제 인간의 희생이 나오지 않는 길을 고를 수밖에 없었으니까."

끝났다고 생각했다.

아니, 끝났다고 자신을 타이른 것이리라. 인간은 길고 긴 싸움으로부터 드디어 해방되었다고 믿고 싶은 마음이었다.

'카이, 네 마음은 이해하지만…….'

'이제 며칠 뒤에는 우르자로 돌아가. 예언신이 신경 쓰이기는 하지만 지금은 우르자 연방의 부흥을 우선해야 하잖아?'

4종족이 봉인되었다. 인간의 평화를 손에 넣었다.

──그 인식은 착오였다.

잔은 대시조의 본성을, 극락조를 통해서 엿볼 수 있었다.

"결국 카이의 말대로였네. 예언신…… 아니, 이제 신이라고 부르고 싶지 않으니까 대시조라고 해야겠네. 아무튼 대시조는 거짓말을 하고 있었어. 그저 4종족을 없애버리고 싶었던 거고, 나는 그 수단으로 쓰였을 뿐……."

"잔만이 아니야."

카이는 그녀의 말을 끊으려는 듯이 말에 끼어들었다.

"그런 말을 한다면 나에게도 후회는 얼마든지 있어."

누가 잘못을 저질렀는가.

기강종 마더 B가 지명한 건 잔이 아니었다.

카이였다.

'부족했던 게 뭐였을 것 같나?'

'그 사화산 꼭대기에서 '나를 따르라.' 라고 명했다면, 환수족을 제외한 모두가 너를 따랐을 거다. 대시조가 파고들 빈틈은 없었지.'

세계종 린네가 따르고.

만신족 레이렌이 적잖은 신뢰를 보였고.

악마족 하인마릴이나 성령족 리쿠겐 쿄코에게도 어느 정도 관심을 받았다. 그건 자신도 그렇게 느끼고 있었다.

……부족했던 건 나야.

……대시조에게 저항하는 게 한발 늦었어. 그게 돌이킬 수 없는 결과가 되어버린 거야.

"잔 때문이 아니야."

반복했다.

"오히려 나 한 명 때문일지도 몰라. 내가 그때……."

"그건 그것대로 아니꼽네."

"응?"

잔이 예상 밖의 대답을 하자 반사적으로 되물었다.

"아니꼽다니, 뭐가?"

"그야 그렇잖아. 나 한 명의 책임이라니, 그건 '너는 있든 없든 상관없었다.' 라는 뜻이잖아. 그 자리에 있던 당사자 대우를 받지 못하는 건 싫어."

"……그럼 잔의 책임?"

"그것도 싫어."

"어느 쪽이야?!"

"누구 책임인지 그만 따지자는 거야. 자, 여기까지."

잔이 손뼉을 쳤다.

부하의 싸움을 중재하듯이. 하나 다른 점은, 지금의 그녀는 장난스럽게 웃고 있다는 점이다.

"대시조는 적이었어. 주천 알프레이야와는 교섭했고, 대시조에게 도전하는 일환으로 만신족의 해방을 지원할 거야. 오늘부터는 그것만 바라보기로 하자."

"……대범하네."

뭔가 인류반기군의 지휘관답지 않다.

하지만, 이쪽이 잔 본래의 성격이다. 훨씬 전부터――.

세계윤회가 일어난 당일.

카이와 잔이 비번 날 약속을 잡았을 때도 그랬다.

'카이, 기다렸지?'

'잔답지 않게 제시간에 왔네. 앞으로 한 시간은 더 기다릴 줄 알았는데.'

대범하게 넘기는 점은 똑같다.

어느 쪽 세계의 잔도 근본적인 부분은 변하지 않았다.

"……대범한 것도 당연한가."

나지막하게 혼잣말했다.

"내가 아는 잔은, 약속을 해도 한 시간은 태연하게 지각하는 녀석이었으니까."

"뭐라고?!"

"아…… 듣고 있었나……."

"카이, 그건 듣고 넘길 수가 없네. 내가?!"

아련한 웃음으로부터 돌변.

눈앞의 소녀가 눈을 치켜들었다.

"지휘관으로서 시간을 엄수하며 살아온 내가 시간에 느슨해 지다니 말도 안 돼! 나는 어린 시절부터 아버님에게 그야말로 엄격하게 지도를──."

"묘소 조사에서 세 시간 지각한 적도 있어."

"거짓말이지?!"

"정말이라니까. 비 오는 날에 잔이 늦잠 자느라 지각해서 나와 애슐런이 황야에서 흠뻑 젖었었다고."

"거짓말이야, 거짓말. 그런 건 절대로 안 믿어! 역시 카이의 이야기는 안 믿을 거야!"

"잔, 목소리가 커. 여자라는 게 들킨다고."

"크으으으으으으윽?!"

소녀는 이를 악물면서 얼굴을 새빨갛게 물들이며 목소리를 죽였다.

그러더니.

"역시 배려가 부족해!"

잔은 실로 분하다는 표정으로 이쪽을 가리켰다.

"······화린에게 이를 거야. 밤중에 카이가 파렴치한 짓을 했다고! 잠든 나에게 다가와선 속옷을 훔치려고 짐을 뒤적거렸다고——."

"그건 새빨간 거짓말이잖아?!"

"나한테 한 말도 분명 거짓말이야!"

아뿔싸.

잔은 이쪽에서도 지기 싫어하는 성미였다. 그걸 떠올린 카이는 한숨을 내쉬었다.

1

'나는, 위대한 신의 사자이니.'

'심판을 집행한다.'

검은 묘소가 파괴되고, 잔해가 유룬 인류반기군에 쏟아졌다.

황금빛 거조 『극락조』. 이 전투를 기록한 영상이 유룬에서 세계 각지의 인류반기군에 전송되었다.

그다음 날 아침——.

"어떤가, 민 공. 뭔가 알아낸 게 있나?"

『화, 확실히 환수족처럼 보이지만…… 발몽 공의 영상에 나온 거조는 우리 연방에서도 본 적이 없어요. 완전한 신종인 것 같아요!』

긴장감을 내비친 소녀의 목소리가 유룬 인류반기군 통신실에 울렸다.

슐츠의 지휘관 민과 연결된 상태였다.

어젯밤에 발몽이 극락조의 영상을 송신했고, 오늘 아침까지 밤을 새워 조사해 줄 것을 의뢰했었다.

『……이런 괴물이 아직도 있었다니.』

"나도 같은 심경이다. 오히려 환수족이라면 오히려 귀엽겠지. 카이의 말을 들어보니 그 이상으로 귀찮은 녀석인 모양이니까."

지휘관 발뭉은 씁쓸한 표정으로 답했다.

그 옆에는――.

다른 통신기를 써서 잔이 다른 지휘관에게 연락하는 중이었다.

『영상은 확인했다.』

퉁명스러운 말투.

기분이 안 좋은 건지 의심하고 싶을 만큼 가시 돋쳤지만, 이게 그의 평소 어조라는 걸 잔은 잘 알고 있다.

"오랜만입니다, 단테 공."

『……흥. 오랜만에 연락이 왔다 했더니 귀찮은 일인가.』

"영상은 보신 모양이군요?"

『원래부터 나는 4종족을 봉인했다는 헛소리 같은 정보는 믿지 않았어. 그 소문을 유포한 예언신이라는 자들도 말이지. 딱히 놀라지는 않았다.』

동쪽의 지휘관 단테 겔프 알리기에리.

구 왕가의 피를 이었기에 자신을 지휘관이 아니라 『황제』로 칭한다.

그 자존심이 화근이 되어 한 번은 엘프에게 사로잡혔고, 그걸 부끄러워해서 어느 정도 성격도 둥글어졌다고 하지만.

"변함없으시군요."

『무슨 뜻이냐?』

"아뇨, 단테 공의 경계심이 좋은 방향으로 움직였다는 뜻입니다."

진지한 어조로 대답한 잔은 쓴웃음을 눌러 죽였다.

"극락조라고 이름 붙인 괴물은 동쪽으로 날아갔습니다. 그대로 이오 연방까지 날아가리라고는 단정할 수 없지만, 조심하시길."

『며칠 안에 이곳으로 올 가능성이 있는 셈이로군.』

"네. 그래서 시급히 연락했습니다."

『체흐벤에게 대응하라고 지시했다. 그보다도 내가 궁금한 것은──.』

단테의 목소리가 끊어졌다.

뒤에 있는 부하들과 작은 목소리로 뭐라 대화를 나눈 뒤.

『만신족의 천사가 봉인에서 벗어났다. 그렇게 들었다만.』

"어제 발몽 공이 보고한 그대로입니다."

『어떻게 봉인에서 벗어났지?』

"저도 모릅니다. 하지만 실제로 살아있다. 우선은 그게 중요하겠죠."

단테에게 전한 보고는 절반은 거짓말이다.

그는 의심이 많다. 주천 알프레이야가 석화에서 부활한 경위를 정직하게 이야기한다면 거짓말이라고 생각할 게 틀림없다.

그렇다면――.

주천 알프레이야는 처음부터 살아있었다.

그리고 묘소의 봉인에서도 자력으로 벗어났다. 이렇게 이야기를 얼버무리는 게 좋다.

『그 녀석이 너에게 접근한 이유는 뭐냐?』

"단적으로 말해서, 지금 이오 연방과 만신족이 체결한 휴전 협정의 확대입니다."

『확대라고?』

통신기 너머가 침묵했다.

그러나 그는 곧바로 잔이 하려는 말을 알아챈 모양이었다.

『……설마 '힘을 빌려달라'라는 말이라도 했나?』

"그 설마입니다. 주천 알프레이야의 목적은 대시조에게 사로 잡힌 만신족의 해방입니다. 한편으로, 저도 대시조는 가까운 장래에 적이 되리라고 확신했습니다."

대시조는 본성을 드러냈다.

카이가 경종을 울렸듯이, '다섯 번째 봉인'으로 인간을 노리고 있을 가능성을 부정할 수 없게 되었다.

"단테 공. 다음에 봉인되는 게 인간이라면 어쩌시겠습니까?"

『………….』

"인간은 법력이 없으니 대시조의 봉인에 저항하지 못할 가능성이 있습니다. 하지만 만신족이라면, 시간을 들이면 대항책을 준비할 수 있을지도 모르죠."

『……아니꼽군.』

황제라는 이명을 가진 남자가 혀를 찼다.

『그렇게 공동 전선을 들고나온 건가. 만신족이.』

"네."

『참으로 우스꽝스럽군. 자신들이 고귀하다면서 활개를 치던 종족의 수장이 인간에게 도움을 요청할 만큼 위기에 몰렸다는 건가. 하지만 잔이여. 만신족을 해방한다고 해서 녀석들이 공동 전선이라는 걸 지킬 것 같은가?』

수만 명이나 되는 만신족이 부활한다.

주천 알프레이야가 내세운 '100년의 휴전 협정'이 새빨간 거짓말이고, 이후에 희희낙락 인간을 습격할 가능성——.

"배신당할 우려는 당연히 있겠죠."

『그렇지. 그리고 만신족이 배신했을 때, 가장 먼저 공격당하는 건 나의 이오 연방이라는 것도 알면서 수락한 건가?』

"네."

『………….』

"단테 공, 하나 대답해 주시죠. 지금 이오의 인류반기군과 만신족은 1년간의 휴전 협정을 맺었습니다."

『그게 어쨌다는 거냐?』

"만신족이 그 맹세를 깬 적이 있습니까? 한 번이라도 당신 앞에 모습을 드러내거나, 도발하는 일을 저질렀습니까?"

『……없군.』

"그런 겁니다."

'인간은 앞으로 1년간 이 수해에 들어오지 않는다. 그리고 우리는 인간의 도시에 들어가지 않는다. 괜찮겠죠? 인간의 지휘관 잔.'

'휴전 계약의 증인은 어디까지나 우리 자신. 여기 있는 이들 전부입니다.'

가장 고귀한 피를 자부하는 종족——.

그러므로 그 계약도, 가장 단단하게 맺는다.

『알프레이야에게 전해둬라. 약속은 지키라고.』

"기억해 두겠습니다."

통신을 끊었다.

후우, 하고 커다란 숨을 내쉰 잔은 뒤에 있던 지휘관을 돌아봤다.

"이쪽은 끝났습니다. 생각보다——."

"귀찮았나?"

"아뇨. 생각보다 더 이야기가 매끄럽게 끝났군요. 단테 지휘관, 역시 중요할 때는 냉정한 판단을 내리는 분입니다. 빈정대기는 하지만요."

발뭉에게 그렇게 대답하고는 어깨를 으쓱했다.

"슬슬 가보기로 하죠. 저희도 서로의 신뢰를 위해 만신족의 영웅 알프레이야와 한 번 더 자세한 상의를 가질 필요가 있으니까요."

2

땀이 나올 만큼 강렬한 햇살.

쨍쨍 내리쬐는 태양 아래에서 검은 피라미드를 올려다봤다.

"아, 여기 있었네, 카이. 이쪽은 어때?"

"이봐, 카이. 이런 느낌은 어때? 적당히 주웠는데."

전방에서 사키와 애슐런이 걸어왔다.

두 사람이 손에 든 것은 투명한 비닐봉지로, 안에 담긴 검은 조각은 묘소의 외벽에서 떨어진 것이다.

"충분할 거야. 커다란 잔해는 유룬 인류반기군에 맡길 테니까."

수긍한 카이도 한창 검은 조각을 모으는 중이었다.

——파괴된 흔적을 통해 극락조의 법술을 해석하고 싶다.

그렇게 말한 건 인간 중 누군가가 아니다.

다름 아닌 주천 알프레이야다.

만신족을 해방하기 위해, 우선 대시조의 힘을 해석하는 것부터 시작하고 싶다고 한다.

"그래서? 중요한 천사는 어디 갔어?"

"묘소 안을 조사하고 있어. 이 피라미드가 만신족이 봉인된 하얀 묘소와 똑같은 구조라면 봉인의 원리를 알 수 있을지도 모른다면서."

"오……. 철저하네."

사키가 반쯤 감탄한 표정으로 말했다.

"우리는 묘소를 봐도 하나도 모르지만 만신족은 알 수 있는 걸까? ……아, 그래도 슬슬 회담 시간이야."

인간과 만신족의 사상 첫 회담이다.

주천 알프레이야가 제시한 '인간 측의 협력'과 그 보답인 '100년의 휴전 협정'. 4연방의 지휘관은 그걸 승인하기로 했다.

그 체결이 곧 이루어진다.

"카이. 우리는 천사를 불러와야 하는데……."

"그래. 이제 시간도 됐으니 부르러 갈까."

묘소 언덕길을 올라갔다.

사키와 애슐린이 총을 휴대하는 건 극락조를 경계한 것이다. 동쪽 하늘로 날아간 뒤, 그 괴물은 아직 나타나지 않았다.

……알프레이야가 완전히 부활했으니 이제 손댈 수 없다고 단념했나?

……아니. 그런 가벼운 적의로는 보이지 않았어.

만신족을 모조리 없애버리겠다는 강렬한 적의가 이 정도로 잠잠해질 리가 없다.

극락조는 확실하게 다시 나타난다.

더욱 격렬한 전투가 될 거다. 유룬 인류반기군의 용병들도 험악한 표정으로 경비를 서고 있다.

──묘소 내부.

입구를 나아가던 중.

"이건?"

1미터 앞도 보이지 않는 암흑의 통로였건만.

카이 일행 앞에, 순백의 빛으로 가득한 신성한 느낌이 감도는 공간이 펼쳐져 있었다.

"어이어이, 이건 뭐야?!"

"어? 뭐, 뭐야 여기? 무슨 일이 벌어진 건데?!"

"……굉장하네."

마치 태양처럼 빛나는 방사체를 올려다본 카이는 강한 빛에 닿아 눈을 가늘게 떴다.

"조명 없이는 걸을 수도 없을 만큼 깜깜했는데, 한낮처럼 밝아. 너의 법구인 건가?"

"그냥 불빛이다. 법구라고 할 정도는 아니지."

격벽에 둘러싸인 통로 안쪽에서.

벽에 손을 짚고 있던 대천사가 천천히 돌아봤다.

"그 극락조라는 녀석이 대시조의 권속이라고. 너는 그렇게 말했었던가."

"……뭔가 알아낸 게 있어?"

"터무니없는 건조물이로군. 이런 거대한 법구를 만들 수 있는 존재가 우리 만신족 말고도 있을 줄은 몰랐다."

법구?

대천사가 꺼낸 단어를 들은 카이의 등골에 차가운 무언가가 스쳤다.

"잠깐만. 이 묘소 그 자체가……?!"

"보는 편이 빠르겠지."

주천 알프레이야가 벽을 짚었던 손을 떼어놓았다.

뻥 뚫린 구멍.

검은 외벽이 부서지자, 그 안쪽에는 기묘한 점멸을 반복하는 '무언가'가 묻혀 있었다. 아름다운 보석처럼 보이지만——.

"우리가 사용하는 법구의 핵과 아주 비슷해. 원래는 하나의 법구에 하나의 핵을 쓰지만, 이곳에는 그게 수십만 개나 묻혀있는 모양이다."

대천사가 천장을 올려다봤다.

"이 공간을 어둠으로 덮은 것도 구조를 숨기기 위해서겠지."

"······이곳의 어둠은 자연스러운 게 아니었던 건가."

"그래. 단, 이 건조물은 만신족이 쓰는 법구와는 달라. 우리는 법력을 외부로 방출하는 기관이 없기에 법력의 『출력기』로 법구를 쓴다. 하지만 묘소는 다르다. 아마 법력의 『증폭기』 및 『변환기』가 있는 거겠지."

그 말을 듣자.

카이는 뒤에 있는 애슐런과 얼굴을 마주 봤다.

"무슨 뜻인지 알겠어?"

"네가 모르는데 우리가 알 리가 없잖냐. ······이봐, 만신족 양반. 우리는 법구를 잘 모르니까, 효과보다도 목적을 알려달라고. 그 증폭기라는 것과 변환기라는 건 뭘 하기 위해서야?"

"증폭기는 『사로잡기 위함』. 변환기는 『놓치지 않기 위함』. 이 두 가지다."

툭.

주천 알프레이야가 자기 주먹으로 벽을 두드렸다.

"이 묘소를 통해 대시조의 법력을 증폭시킨 거다. 이것으로 4종족의 영웅을 사로잡을 수 있는 대법력을 실현했지. 그러나 중요한 건 오히려 후자. 사로잡은 4종족을 가둬두고 놓치지 않는 게 『변환기』의 성질이다."

알프레이야가 가리킨 곳은 천장이었다.

빛을 발하는 구체. 그러나 잘 관찰해 보니 그 빛이 항상 천장으로 빨려 들어가고 있는 것이 아닌가.

"법력을 흡수해서 『어둠』으로 변환한다. 가둬둔 4종족이 내부에서 아무리 날뛰든, 그 힘을 변환하여 어둠의 힘만 늘어날 뿐——그런 구조다."

"뭐?! 그, 그럼 당신도 여기 있으면 위험한 거 아니야?! 힘이 계속 빨려 들어가고 있는 거잖아?"

"이미 기능은 대부분 잃었다. 문제없겠지."

부서진 신의 장난감.

그렇기에 극락조도 주저하지 않고 묘소를 소멸시키려 한 것이리라.

"……굉장하네."

카이는 나지막하게, 반쯤 어이없다는 심경으로 중얼거렸다.

감탄할 수밖에 없다.

묘소의 구조는 완전한 미해석 ^{블랙박스} 기술이었다. 인간 학자가 수십 년을 들여도 분석하지 못했던 것인데, 한눈에 간파할 줄이야.

……명제 바네사나 아황 라스이에는 투지로 가득한 '전사'였

지만.

　……지금 가까이서 보니 확실해졌어. 이 천사는 오히려 '연구자'야.

　'이 세계에 만신족은 필요 없다.'

　극락조가 그렇게나 경계할 만했다.

　주천 알프레이야의 깊은 지혜와 통찰력은 대시조의 계획을 근본부터 뒤엎을 가능성이 있다.

　이 천사는, 대시조의 천적이 될 수 있는 것이다.

　"처음에는 너희의 이야기에도 의문이 있었다. 4종족이 봉인되었다는 말을 쉽사리 믿을 수 있을 리가 없지. 그러나 실제로 동포들의 힘이 전혀 느껴지지 않는다. 대체 어떤 구조인가 궁금했……는데……."

　알프레이야의 어깨가 약간 떨렸다.

　참지 못한 격양.

　그것은 대시조를 향한 분노일까, 아니면 이 사태를 막지 못한 자신을 향한 질타일까.

　"설마, 이 정도의 규모로 준비하고 있었던 일이었나."

　"대항 수단은 알겠어?"

　"시간이 필요하다. 필요한 법구도 여기에는 없어."

　주천 알프레이야가 가진 법구는 아마 전투 특화.

　묘소의 힘에 대항하려면 다른 법구가 필요하다. 그것이 들어

있는 곳은 천사가 사는 천사 궁전이리라.

"나는, 이오 연방으로 한 번 돌아가려고 한다."

알프레이야는 카이와 사키 그리고 애슐런을 순서대로 돌아봤다.

"하얀 묘소에 접근한다면 나까지 봉인될 가능성이 크다. 대책을 세우려면 어느 정도 준비가 필요하지. 무엇보다도…… 카이. 너의 이야기를 믿지 않는 건 아니지만, 나는 직접 이오 연방의 모습을 확인하고 싶다."

"그건 당연한 심경이겠지. 하지만……."

아무것도 없을 거다.

카이는 레이렌이나 하인마릴, 명제 바네사마저도 묘소에 빨려 들어가는 것을 눈앞에서 목격했다.

지금 떠올려도 한기가 든다.

그것은 인간조차도 온몸의 털이 곤두서는 광경이었다.

……엘프의 마을도 천사 궁전도 텅 비어 있을 거야.

……알프레이야가 그 참상을 본다면, 더더욱 자책감에 휩싸일 게 분명해.

"네가 하려는 말은 상상이 간다."

그런 말을 입에 담는 천사의 목소리는 오싹할 만큼 평온했다.

모든 참상을 각오하고──.

그걸 받아들일 책무를 짊어진 영웅의 눈길.

"나의 의무다."

"……알았어. 하지만 이후에 곧바로 우리 지휘관과 당신과의 회담이 있어. 공동 전선에 관한 일도 정식으로 정하고 싶어."

쫙.

작디작은 기척.

돌을 누군가가 걷어찬 듯한 소리가 뒤에서 들려온 건 그때였다.

"누가 온 거지? 아, 혹시 기다리다 못한 잔 님일지도. 애슐런, 잠깐 보러 가봐."

"알았어."

통로를 돌아선 애슐런이 격벽 너머로 향했다.

그 몇 초 뒤.

"응? 뭐, 뭐야 이 녀석…… 아얏! 야, 그만둬. 아프잖아!"

비명이 메아리쳤다.

이어서 투닥거리는 듯한 소동이 들렸다.

"애슐런?!"

무슨 일이지?

전력으로 애슐런에게 향했다.

모퉁이를 돈 곳에서 카이가 본 것은, 넓은 방을 빙글빙글 도망치는 애슐런과 그 뒤를 쫓는 난쟁이였다.

"──알프레이야 님을 돌려줘! 여기 있는 건 알고 있으니까!"

"이이이이 녀석은 대체 뭐냐고?!"

"이, 인간 같은 건 안 무서우니까! 실크는 강하거든!"

실크라고 자칭한 난쟁이.

커다란 금색 눈동자와 형광색 같은 녹색을 기조로 한 그라데

이션 머리가 선명하다.

동화 속 마법사 같은 커다란 모자와 옷자락이 긴 로브. 키는 카이의 딱 허리 정도에 닿는 정도일까.

작은 나뭇가지를 움켜쥐고 그걸로 애슐런의 등을 찌르고 있는 모양이다.

"켁?! 자, 잠깐. 어떻게 된 거야? 카이?!"

애슐런을 쫓아다니는 소인을 목격하자마자 사키가 눈을 휘둥그레 떴다.

"어, 어째서?!"

"⋯⋯모르겠어. 나도 놀라서 할 말이 떠오르지 않아."

목소리가 쉬어버렸다.

자신들이 바라보고 있다는 것도 알아채지 못한 난쟁이를 가만히 응시한 카이는 꿀꺽 숨을 삼켰다.

"대요정이야. 만신족이 어째서 여기에?"

나무 위에서 사는 『요정』의 일종이다.

만신족으로 알려졌고 엘프나 드워프와 함께 엘프의 마을에 살고 있다. 거기까지는 당연한 지식이라 할 수 있다.

그러나 어째서 지상에 남아있는가?

⋯⋯알프레이야만이 예외였을 거다. 4종족은 한 명도 남김없이 봉인되었을 텐데.

⋯⋯바네사나 리쿠겐 쿄코조차도 봉인에 저항하지 못했었다고?!

카이 자신도 눈앞의 일을 믿을 수가 없었다.

"저, 저기……. 거기 대요정, 잠깐 멈춰봐. 우리는."

"히양?!"

뒤에서 부른 카이의 목소리를 듣자, 대요정이 펄쩍 뛰었다.

"인간?! 이, 이렇게 많이?! ……아, 아으으으으으, 이, 이제 틀렸어요오. 죄송해요 알프레이야 님. 실크는 이제 끝이에요 오……!"

"아니, 그 이야기를."

"으아아아아아아아아앙!"

"우리는 적이 아니고, 으으음. 그게."

"……실크, 너냐?"

대요정이 우뚝 멈췄다.

얼어붙은 것처럼 정지한 대요정의 눈이 바라보는 건 카이 일행——이 아니라, 그 뒤에서 나타난 여섯 날개의 대천사.

"알프레이야 님?!"

펄쩍 뛰었다.

그렇게나 무서워했던 카이 일행의 옆을 잽싸게 빠져나와 무릎을 꿇고 앉은 알프레이야에게 안겼다.

"알프레이야 님! 무사하셨군요!"

"실크, 어째서?! 나는 모두 봉인되었다고 들었다. 실제로 동포들의 힘도 전혀 느껴지지 않는데."

"마……맞아요. 다들 사라졌는데……."

대요정이 오열을 흘렸다.

주천 알프레이야를 놓지 않겠다는 듯 열심히 붙잡으면서.

"그, 그래도 실크랑, 드워프 몇 명은 남아있어요! 엘프 마을에 요."

"……뭐라고!"

"30명 정도. 정말 조금만 남았어요. 다들 곤란했는데, 알프레이야 님의 힘이 갑자기 느껴져서."

"……여기까지 오게 된 건가."

"네, 네에에. 바람을 타는 이동술을 쓸 수 있는 건 실크뿐이었으니까……."

"그런가."

대천사는 마치 곱씹는 것처럼 그런 한마디를 입에 담았다.

"카이──."

"잘 모르겠어. 나도 지금 필사적으로 이유를 생각하는 중인데……."

대시조의 봉인에는 저항할 수 없다.

우선 명제 바네사나 리쿠겐 쿄코 등의 영웅이 봉인당했다. 그리고 세계종 아수라소라카의 힘으로 그 종족 모두에게 봉인이 적용되었다.

'어떻게 한 마리도 남김없이 묘소에 봉인했다고 생각하나요?'

'영웅에게 「징표」를 각인하는 것. 그러면 세계종인 나의 힘으

로 그 운명을 종족 전체에 덮어씌울 수 있습니다.'

아수라소라카는 그렇게 말했다.

그리고 그 말대로, 많은 인간이 지켜보는 가운데 봉인이──.

"……잠깐만."

영웅의 봉인이, 그 종족을 봉인하는 조건이 된다?

악마족은 명제 바네사.

성령족은 영원수 리쿠겐 쿄코.

환수족은 아황 라스이에.

그러나 만신족은 아니다.

주천 알프레이야가 사화산에 없었기에, 봉인의 열쇠가 된 것은 엘프의 무녀 레이렌이었다.

……그래, 달랐어. 레이렌은 엘프 중 상위 존재지만 영웅은 아니야.

……그래서였나?!

영웅의 봉인을 조건으로 한 법술이었기에 만신족의 봉인만큼은 불완전했다.

확인할 방법은 없지만──.

"알프레이야, 미안해. 내가 놓치고 있었어. 그 봉인, 만신족만큼은 불완전했을 가능성이 있어."

"뭐라고?"

"자세한 건 잔도 있을 때 설명할게. 내가 하나 말할 수 있는 건, 당신 앞에 있는 대요정은 틀림없는 진짜야. 꿈 같은 게 아니라."

"————그것만으로도 충분하다."

만신족의 영웅이, 자신에게 매달린 요정을 끌어안았다.

"실크."

"네, 네에."

"……용케 남아 주었다. 용케 나를 찾아와 줬다. 엘프의 숲을 빠져나와서, 무척 불안했겠지."

"————————으."

둑이 터졌다.

지금까지 필사적으로 참고 있었던 불안감이 터지자, 대요정 실크는 목소리가 되지 못한 소리를 내며 흐느꼈다.

천사는 그런 연약한 동포를 강하게 끌어안았다.

"이 세상에서 가장 거룩한 건 하늘이 아니다. 실크여, 지상을 걷는 너야말로 지고한 거룩함인 거다."

3

만신족의 '생존자' 상황——.

천사와 엘프는 전멸.

봉인에서 벗어난 건 요정이 15명에 드워프가 18명.

대요정 실크가 알프레이야를 찾으러 왔기에, 엘프의 마을에는 나머지 32명의 만신족이 숨어서 살고 있다.

"목적은 더할 나위 없이 명확하다."

알프레이야의 눈에 의지의 빛이 들어왔다.

"하얀 묘소를 파괴하고 모든 동포들을 해방하리라."

"아! 마, 맞아요. 알프레이야 님!"

"단, 쉽지는 않겠지. 하얀 묘소가 기동하고 있는 한 대책 없이 간다면 나와 실크도 봉인될 위험이 있다. 사자라는 극락조를 놓쳐버린 이상 대시조는 내가 부활한 것도 이미 알고 있을 터."

유룬 인류반기군의 텐트지.

대형 텐트에 울려 퍼지는 만신족의 목소리는 각각 주천 알프레이야와 대요정 실크의 것이다.

"우선 대시조의 모든 것을 알고 싶다. 애초에 그 녀석들은 대체 뭐냐?"

주천 알프레이야의 시선이 옆으로 향했다.

텐트 안의 거대 모니터에는 어제 있었던 극락조와의 전투 영상이 이미 수십 번이나 반복 재생되고 있었다.

"너희 인간은 그 대시조와 오래전부터 공존하고 있었나?"

"터무니없어. 내가 만난 건 바로 몇 주일 전이야."

천사가 묻자 잔은 고개를 가로저었다.

"예언신을 자칭한 기원자 아수라소라카가 불렀지. 4종족과 싸우기 위해 예언을 내리겠다는 명목으로. 지금에 와서는, 지휘관인 나를 이용해 4종족을 봉인하기 위한 감언이설이었던 거겠지만."

"너희 인간을 고른 이유는?"

"……자기들 대시조를 4종족에게서 숨기기 위함이었겠지.

한심한 이야기지만, 나도 그것의 말을 일부 받아들였었어.”

잔이 씁쓸하게 입술을 일그러뜨렸다.

이용당했다.

주천 알프레이야와의 대화를 통해 그 분통함이 다시 스며든 것이리라.

‘잔. 당신이 시드를 대신할, 이 세계의 영웅이 되는 겁니다.’

‘부하를 이끌고 싸우세요. 4종족의 영웅, 그리고 그 래스터라 이저라는 것을 쓰러뜨리는 겁니다.’

대시조 아수라소라카는 간파하고 있었다.

잔이라는 소녀가 가슴에 품은 강한 사명감. 그리고 극히 자연스럽게 떨쳐 일어나려는 듯이 재촉해서 4종족의 영웅을 거꾸러 트리라고 부추겼다.

대시조를 따르던 ‘두 명의 시드’는 소식 불명이지만, 잔이 대시조의 휘하에 들어갔을 미래도 충분히 있을 법했다.

……잔이 이 세계에서 세 번째 시드가 되었을지도 몰라.

……테레지아와 아카인. 그 두 사람과 마찬가지로.

생각하기만 해도 등골에 한기가 스친다.

“역시 납득이 안 가는군.”

한편.

대천사는 여전히 심각한 표정을 풀지 않았다.

“인간을 이용하는 것으로 자신들의 존재를 감춘다. 그건 불가능해. 우리가 그만한 힘을 수백 년이나 놓칠 리가 없다. 안 그런가? 실크."

"그, 그럼요. 알프레이야 님!"

대요정이 고개를 끄덕끄덕 움직였다.

"다들 눈치챌 거예요. 환수족은 후각이 굉장하고, 악마족도 법력의 흐름에 민감하니까……."

"그래. 극락조 정도로 거대한 존재를 아무도 눈치채지 못했다. 수백 년이나. 대시조가 가진 최대의 수수께끼가 거기에 있다."

천사는 씁쓸한 말투로 말했다.

"녀석들은 대체 어디에서 태어나 어디에 숨어있었지? 녀석들은 자신들의 정보를 철저하게 차단하고 있다. 뒤집어 보면, 약점이 되는 비밀이 있다고 자백하는 셈이지."

"——무턱대고 고민해봤자 별수 없지."

발몽이 손가락을 튕겼다.

"이봐, 세계지도다! 4연방이 실린 대륙지도를 지금 당장 가져와라!"

용병이 가져온 거대 지도를 테이블에 펼친 순간, 주천 알프레이야가 작은 감탄의 숨결을 내쉬었다.

"이건…… 놀랍군. 지금까지 봐온 인간의 도구 중에서 가장 흥미로워."

"세계지도 말이냐?"

"우리 만신족이 아는 건 이오와 그 해역뿐이다. 그 너머로 잠입하면 타종족의 요격을 당하니까. 악마족이나 성령족, 환수족도 똑같을 거다. 너희는 이걸 어떻게 완성시켰지?"

"선구자들의 집합 지식이지. 나의 공적은 아니야."

"…………."

세계지도를 잡아먹을 듯이 바라보는 알프레이야.

대요정 실크도 그 어깨에 올라타서 숨 쉬는 것도 잊은 채 지도를 바라봤다. 만신족에게 이 세계의 전모는 무척이나 흥미로웠던 것이리라.

——인간이기에.

대륙의 온갖 변경으로 흩어져서 숨어 살던 인간이기에 알 수 있었던, 세계의 형태가 여기에 있다.

"인간이여. 이 세계지도라는 것을 엘프의 마을에 있는 우리의 보물고 전부와 영약 100병, 100년에 한 번 꽃을 피우는 신수(神樹)의 꽃잎 세 장과 물물교환하는——."

"알프레이야 님."

"……실례했군. 미안하다 실크, 나의 안 좋은 버릇이 나왔군."

어깨에 앉은 요정이 노려보자 만신족의 영웅이 고개를 돌렸다.

그대로 세계지도를 가리켰다.

"하나 신경 쓰이는 점이 있다. 지금의 우리는 유룬에 있다. 극락조가 대시조의 권속이라면, 녀석이 도망칠 곳은 하얀 묘소가 있는 슐츠가 자연스러울 터. 그러나 녀석이 도망친 곳은 이오.

즉, 우리 만신족의 땅이다."

"근데 알프레이야 님? 실크네는 수상한 새 같은 건 못 봤는데요."

"그래. 녀석의 소굴이 이오에 있다고는 생각할 수 없다. 만신족이 수백 년이나 녀석의 잠복을 눈치채지 못할 리가 없으니까."

극락조는 이오 연방 쪽을 향해 도망쳤다.

그 방향에 무언가가 있다?

"……그거, 나도 마음에 걸렸어."

세계지도 앞에서 카이는 약간 몸을 내밀었다.

"대시조가 수백 년 잠복했던 곳이 있다고 치고. 그게 이오 연방에 있다면 만신족이 발견했을 거야. 이오 인류반기군도 감시의 눈을 번뜩이고 있고."

그렇게나 신성한 새가 쉽게 모습을 감출 수 있을 리가 없다.

……인간에게도 만신족에게도 발견되지 않는 성역.

……그런 비경 같은 곳이, 이오 연방 어딘가에 있다는 건가?

예를 들어 땅속은?

4종족에게서 도망친 인간은 지하도시를 선택했다. 지하철을 거주구로 개조한, 인류 특구라고 불리는 거점이 세계 각지에서 발달했다.

기강종도 그와 흡사하다.

세계윤회가 만들어 낸 기강종은 어느 종족의 영토도 아닌 '무주지'라 불리는 땅속에 숨어있었다.

……극락조도 땅속으로 도망쳤다?

……아니, 생각하기 힘들어. 그 녀석은 하늘의 심판을 내린다고 말했었잖아.

지상을 혐오하는 짐승.

땅에 닿기만 해도 격앙하던 극락조가 땅속에 숨었다고는 생각할 수 없다.

"──가능성이 있다면."

뇌리에 작은 번뜩임이 스친다.

세계지도에 그려진 것은 네 개의 연방. 각각의 국경이 나뉘어 있지만, 무주지만큼은 잿빛으로 색칠되어 있다.

그걸 구멍을 뚫을 듯이 응시했다.

'저기저기, 카이? 너 전에 신경 쓰고 있었잖아. 그거 어떻게 됐어?'

'여기가 무주지인 게 신기하다고 했잖아.'

무주지가 너무 넓다.

그게 정사의 5종족 대전 때와는 달랐기에 마음에 걸렸다. 기강종이 무주지에 숨어있었다는 게 판명된 건 그 직후다.

"혹시……."

"카이?"

"잔. 난 중요한 걸 놓치고 있었을지도 몰라."

잿빛으로 색칠된 무주지를 가리켰다.

"무주지가 많은 건 기강종의 거처였으니까. 난 그렇게 생각하고 있었어."

"응? 실제로 그랬잖아?"

"전제를 두자면, 대시조가 수백 년이나 숨어있었던 곳은 이 무주지 어딘가라고 생각해. 그게 아니라면 알프레이야가 말했듯이 4종족에게 발견되었을 거야. ——거기서, 우리가 생각해야 할 점은 『잠복 조건』이었어."

"조건? 대시조가 숨어있는데 조건이 필요한가?"

"기강종과 관련이 있어."

이건 가설이다.

대전제로, 극락조를 포함한 대시조들이 4종족에게 발견되지 않고 세계 어딘가에서 수백 년이나 숨어있었다는 건 틀림없다.

그럼 어디에?

"……기강종과 마찬가지로 무주지에 숨어있었다고?"

"맞아. 단, 특별한 곳이야. 무주지라고 해서 아무 데나 상관없는 건 아니야. 기강종에게 발견되어서 전투가 벌어지면 성가시잖아. 완벽하게 모습을 감추기 위해, 대시조는 기강종에게도 발견되면 안 돼."

4종족에게 발견되지 않고——.

더욱이 기강종에게도 발견되지 않는 땅이라면——.

그 조건을 깨달은 순간, 카이의 머릿속에서 정보의 단편이 소리를 내며 조립되었다. 퍼즐 조각이 맞물리듯이.

"정리하자면 대시조의 잠복 조건은 두 가지. 1, 무주지여야

할 것. 2, 마찬가지로 무주지에 잠복해 있는 기강종에게도 발견되지 않아야 할 것."

이 두 가지 조건에 적합한 곳은 어디인가?

뒤집어 보면 그곳이 대시조의 성역일 가능성이 높다.

"잔, 발뭉 지휘관도 생각해 봐. 땅속을 이동하는 기강종이 절대로 다가오지 않을 장소는 어디라고 생각해? 힌트는 지면이 없는 곳."

"응? 어디라고 해도……."

"에에잇, 뜸 들이지 마라. 나는 머리를 쓰는 게 서툴러. 해답을 말해라, 카이!"

"──바다 너머야."

그 한마디로.

잔, 발뭉 지휘관이 숨을 삼키는 기색이 전해졌다.

두 사람도 동시에 깨달은 것이리라.

"지면에 파고들어도 바다에 맞닥뜨리면 멈출 수밖에 없어. 헤엄쳐서 건너려고 해도 강철 몸으로는 녹슬어서 움직이지 못하지. 즉, 바다 너머에 있는 『섬』에 숨으면 기강종에게도 발견되지 않을 거야. 거기서……."

대시조가 몸을 숨기던 성역은 어디에 있는가?

그 해답이, 극락조가 날아간 곳에 있을지도 모른다.

──극락조는 이오 연방 방향으로 날아갔어.

──그러나 만신족은 극락조의 거처를 본 적이 없지.

──즉, 이오 연방에 가까운 무주지이고, 그러면서 기강종이 없는 바다 너머.

여기까지 좁혔다.

거기서.

"알프레이야. 당신에게도 묻고 싶은 게 있어. 예를 들어 이 섬은?"

카이가 지도상에 있는 이오 연방의 남쪽으로 손가락으로 가리켰다.

무주지라서 잿빛으로 색칠된 섬 중에서도 가장 커다란 외딴섬이다.

"이오 연방에서 가깝고 기후는 안정적일 거야. 작열의 사막도 영구동토도 아니야. 만신족이 영역으로 삼으려면 최적일 텐데, 어째서 영토로 삼지 않았지?"

"어째서냐고⋯⋯?"

"천사는 날개가 있으니까 바다를 건널 수 있잖아."

날개의 유무──.

기강종은 바다를 건너지 못해도 만신족이라면 바다를 건널 수 있다. 타종족의 연방으로 쳐들어가는 것보다는 훨씬 간단하게 영토를 넓힐 수 있었을 거다.

"이 외딴섬을 영토로 삼지 않을 이유는 없어. 이렇게나 크고 엘프가 살 수 있는 숲도 있잖아. 어째서 쳐들어가지 않았지?"

"⋯⋯⋯⋯."

대천사가 침묵했다.

"대답하기 힘들어?"

"아니, 그게 아니다. 생각해 본 적도 없었다. 너희는 분노할지도 모르겠지만, 우리 만신족은 동쪽 연방만으로 충분하다고 생각했었다. 바다 너머에 있는 섬까지 손에 넣을 필요성을 느끼지 못했지."

"생각해 본 적이 없었다는 건, '왠지 모르게 갈 생각이 들지 않았다' 라는 거야?"

"그래."

"그럼 하나 더 가르쳐줘."

테이블을 너머에 있는 만신족 두 명.

천사와 요정의 눈을 가만히 응시한 카이는 다시 절해고도를 가리켰다.

"그런 암시를 거는 법술은 존재해?"

"뭐라고?!"

"몽마는 환혹계 법술을 쓸 수 있잖아? 그건 인간을 세뇌하는 작용이었지만, 더 대대적인 법술로 다른 종족에게도 통하는 술식은 생각할 수 없겠어? 이 섬의 존재를 인식하지 못하게 한다거나, 그 정도의 세뇌라면 가능할까?"

"……나를 포함한 만신족 모두에게, 말인가."

눌러 죽인 목소리로 중얼거린 만신족의 영웅이 입을 닫았다.

직립부동으로 숙고.

판단에 시간이 걸리는 건가? 그렇게 각오한 카이 일행 앞에서 주천 알프레이야의 대답은 예상보다 빨랐다.

"가능하다."

"그렇게 단언할 만큼?"

"실제 사례가 있으니까. 세계 곳곳에 있는 묘소에 아마 그 법술이 걸려 있었을 거다. 인식 저해 부류겠지."

"……아아, 그렇구나."

이번에는 카이가 수긍할 차례였다.

부자연스럽다고 생각했었다. 그렇게나 거대하고 눈에 띄는 건조물인데도 이 세계의 4종족은 놀랄 만큼 무관심했다.

'이 무식하게 큰 피라미드는 너희 성령족 것이 아니었던 거냐?!'

'아니야. 성령족은 인간이 만든 거라고 생각해 왔어. 쿄코도, 지금 여기에 올 때까지 묘소라는 이름도 몰랐어.'

무관심이라는 이름의 인식 저해.

특정 장소에 다가가지 못하게 한다—— 그 정도의 효과면 된다. 바다 너머의 섬 하나를 술식으로 둘러싼다면 대시조는 거기에 몸을 숨길 수 있다.

"알프레이야, 그걸 깨는 법술은?"

"정말로 결계가 있다면 다가가면 알 수 있다. 그 묘소와 똑같은 구조라면 접근을 막을 만큼 강한 결계는 아니겠지."

"대시조의 성역이 정말로 있는지 아닌지는 섬에 다가가면 알 수 있다는 건가. 그렇다면 실제로 확인해 볼 가치도…….”

“내가 가겠다.”

알프레이야가 즉시 판단을 내렸다.

“대시조에게 대항할 방책이 필요해. 그 녀석들이 수백 년이나 숨어있던 성역이 있다면, 그곳에 비밀도 숨어 있을 거다.”

“사태가 단순한 건 좋은 소식이지. 당하기만 하는 건 아니꼬우니까.”

가장 먼저 움직인 건 발뭉이다.

“요컨대 극락조의 소굴로 반격하러 간다는 말이겠지? 이오 연방의 방향에 있는 외딴섬이 수상하다는 거고. ……이봐, 지금 당장 이오의 단테에게 연락해라. 이쪽에서 차를 준비하지. 며칠 안에 출발해서 이오 연방으로 간다.”

“그건 곤란하군.”

“음?”

알프레이야가 뜻밖의 한마디를 던지자 발뭉이 미간에 주름을 잡았다. 부하들도 힘차게 달려가려다가 그대로 멈춰버렸다.

“무슨 뜻이냐. 내 지시에 문제가 있다는 거냐.”

“너무 느려.”

만신족의 영웅이 오른손을 들었다.

그 손끝에 걸려있는 건 백은색 방울. 천사의 손에서 흔들리는 방울이 투명한 노래 같은 소리를 연주했다.

“지금 당장 가겠다.”

——하늘이, 울부짖었다.

　폭풍 같은 굉음과 함께 돌풍이 몰아쳤다.

　이 지휘관 텐트가 지면에서 자칫 벗겨질 만큼 강한 바람이 불면서, 머나먼 저편에서 거대한 무언가가 접근하는 기척이 났다.

　"무, 무슨 일이냐?!"

　"오늘 아침 이쪽으로 불러서 대기시켜 놨다."

　대천사가 텐트의 문을 열었다.

　찬란하게 빛나는 태양 너머에서, 환수족의 거구조차도 흐릿해지는 초거대 질량의 '궁전'이 떠올라 있었다.

　그 압도적인 박력이 느껴지는 광경을 본 카이의 뇌리에 하나의 기억이 스쳤다.

　"……천사 궁전인가."

　하늘에 떠 있는 지고의 궁전.

　일찍이 엘프의 대장로를 구출하기 위해 레이렌이 안내해 줬고, 다름 아닌 주천 알프레이야와 싸웠던 격전의 땅이기도 하다.

　만신족이 봉인되어서 조종자를 잃고 엘프의 숲으로 낙하했을 것이다.

　그것이 다시 떠오른 건가.

　"각오가 된 자만 따라와라. 지금부터 가는 곳은, 자신을 신으로 자칭하는 것도 거리끼지 않는 괴물들의 소굴이다."

다부진 등으로 그렇게 말한 뒤.

주천 알프레이야는 대요정을 데리고 걸어갔다.

1

일찍이, '흑사(黑死)의 7일간'이라는 천사와 악마의 대전쟁이 있었다.

악마의 대군을 이끄는 명제 바네사와 천군을 이끄는 알프레이야가 펼친 사상 최대 규모의 싸움이다.

이오 연방의 일부가 죽음의 대지가 된 대가로——.

알프레이야는 악마의 군세를 북쪽으로 밀어내는 데 성공했다. 그 공적을 기려서 알프레이야는 만신족의 영웅이 되었다.

의와 조화를 중시하는 용감한 천사의 수장. 그러나…….

'10년 전쯤이었던가요.'

'엘프가 보더라도 알프레이야 공의 변모는 너무나도 급격했습니다. 본인 이외의 요인이 얽혀있을 가능성이 높아요.'

주천 알프레이야는 느닷없이 변모했다.

그때 무엇이 일어났는가. 그것을 아는 건 알프레이야 단 한 명.

==========

——10년 전.

"동포 슈라바도르, 클레토, 나샤라 세 명이 돌아오지 않는다고?"

"예!"

"…………."

천사 궁전 게슈탈 로어——.

산맥을 넘는 새보다도 아득히 높은 상공에서 지상을 내려다보면서.

돌아온 부하의 보고를 들은 주천 알프레이야는 입술을 닫고 고민에 잠겼다.

천사 세 명이 소실?

한 명이라면 몰라도 지상을 경비하던 세 명이 동시에 연락이 끊기는 건 이상 사태라고 할 수 있다.

"요새 메르카바의 위치는 알고 있나. 지금 어디를 날고 있지?"

"그, 그게…… 요새에서 오던 법력 신호도 끊어져 버려서……."

"뭐라고?"

천사가 사는 부유 요새는 전부 28개.

알프레이야가 입에 담은 것은 그 천사 세 명이 타고 있던 요새의 이름이다. 이곳 '천사 궁전'과 다르지 않은 강력한 방어 기능을 갖추고 있다.

그 신호가 끊어졌다?

……무너져서 지상으로 낙하했나?

……그러나 악마의 대법술이라도 쉽게 무너지지 않는 물건인데?

천천히, 천천히 의혹의 거품이 떠올랐다.

알프레이야의 뇌리를 스치는 불안감이 서서히 위화감으로 변했다.

"숲에 떨어졌다면 엘프나 요정들이 알아챘을 거다. 다들 뭐라 말하고 있나?"

"아, 아뇨. 그럴듯한 것은 찾아내지 못했다고……."

"그렇다면 숲에 떨어진 건 아니군."

이오 연방은 다양성이 풍부한 땅이다.

엘프의 숲이나 요정의 초원, 광대한 황야나 사막도 있는 데다 인류 특구라 불리는 인간들의 비밀 도시가 드문드문 존재하는 것도 사실이다.

"어쩌면 인간들의 짓인가."

"설마요?! 알프레이야 님. 그건 말도 안 됩니다. 우리 요새를 격추하다니, 인간의 병기로 가능할 리가……."

"가능성 중 하나로 거론했을 뿐이다. 나도 진심으로 생각하는 건 아니야."

더욱 숙고.

그러나 단서가 없는 이상 이 자리에서 아무리 생각해봤자 진실에는 도달할 수 없다.

"요새 메르카바가 마지막으로 신호를 보낸 지점은?"

"……동쪽 연안 부근입니다."

"내가 가지."

뒤에 있는 부하들의 거부를 용납하지 않는 기세로 말했다.

"다른 이들은 대기해라. 그 주변을 경계하는 엘프나 요정, 드워프에게는 절대 접근하지 말고 대피하라고 전달하도록."

2

조난 지점은 이오 연방의 동쪽 끝.

상공에 멈춘 게슈탈 로어에서 내려선 지상에서, 알프레이야는 눈을 의심했다.

——조각조각 부서진 천사의 요새 메르카바.

공격을 받은 흔적은 없다. 인간 병기로 포격당하거나 악마의 대법술에 맞은 파괴의 흔적이 전혀 없었다.

굳이 말하자면.

요새를 연결하는 파츠가 공중에서 자연 분해한 것 같지 않은가.

"어디냐? 슈라바도르, 클레토, 나샤라."

천사들의 모습은 없다.

행방불명이 된 세 명을 찾아 지상을 걷는 사이.

"……뭐냐, 저건."

여섯 날개의 대천사는 수십 년 만에 느끼는 몸의 떨림을 멈추지 못했다.

검은 피라미드——.

천사 궁전조차도 흐릿해 보이는 거대 건조물.

마치 검은 점처럼 황야에 멀뚱히 존재하는 그것은, 주변 모습과 너무나도 동떨어져 있었다.

……말도 안 돼. 이런 게 있다는 건 들은 적이 없다.

……우리 만신족이 지난 수백 년 동안이나 눈치채지 못했다는 건가.

어깨를 흔드는 전율을 느끼면서.

주천 알프레이야는 우뚝 솟은 피라미드로 다가갔다. 언덕길을 올라 검은 건조물 내부로 향했다.

——이질적인 어둠.

천사의 눈으로도 내다볼 수 없는 통로를 앞에 두고, 빛을 켜려고 생각한 순간.

화륵.

어둠 너머에서 작은 불꽃이 피어올랐다. 이어서, 낮게 비웃는 짐승의 목소리가 들렸다.

'밤의 불빛을 향해 나는 날벌레.'

'이 불꽃에 유혹당한 너희는 참 비슷하네에.'

'어느 쪽도 불타 사라질 뿐인데 말이야.'

차례차례 생겨나는 불꽃.

알프레이야를 초대하듯이 불꽃의 길이 어둠 속으로 이어졌다.

불에 비쳐서——.

행방불명되었던 세 명의 천사가 쓰러져 있는 모습이 떠올랐다.

"네놈?!"

"하하. 이쪽 세계에서는 처음 보는 건가? 알프레이야."

천사를 짓밟고 있는 것은 홍련의 수인이었다.

——환수족.

마치 지인에게 말하는 듯한 말투였지만 공교롭게도 알프레이야는 만난 적이 없다.

만난 적이 없을 것이다.

애초에 이곳 이오 연방은 환수족과 만날 일이 거의 없다. 얼굴을 마주했던 적이 있다면 싫어도 기억하고 있었을 거다.

"기억에 없군. 웬 놈이냐?"

"아아, 역시. 세계윤회로 너의 기억도 덮어쓰기 당했나. 뭐, 나도 비슷한 셈이야. 너의 얼굴도 어렴풋하니까."

불꽃에 비친 수인——이라는 건 정확한 표현이 아니었다.

불꽃은 수인의 표면에서 타오르고 있었으니까.

아마 적사자. 고대종으로 여겨지는 환수족의 일종이지만 알프레이야가 경계한 것은 오히려 유창하게 사람 말을 한다는 점이다.

……용이 아닌 환수족이 말을 하다니.

……이런 작은 외견으로도 아마 100년 이상을 살아온 건가.

전신에 치솟는 불꽃도 그렇다.

체내의 법력 기관이 생성하는 열이 방출되는 것이겠지만, 대기가 타오를 정도로 강하고 뜨겁다. 대치하기만 해도 알프레이야의 피부가 따가워질 정도다.

"……짐승의 왕. 라스이에인가."

"오? 정답이야. 하지만 내 얼굴을 보고 떠올린 건 아닌 것 같고, 그저 『환수족의 영웅』이라는 정보의 단편으로 추측했을 뿐인가."

아황 라스이에.

본래는 빠르게 배제해야 하는 위험인자이지만 먼저 확인해야만 하는 게 있다.

"이곳은 우리 만신족의 영토다. 무슨 속셈으로 찾아왔지?"

"용건은 두 가지. 첫 번째 목적은 너에게 묻고 싶은 게 있었으니까. 아아, 그러니까 이 녀석들은 이제 필요 없어. 돌려주지."

"큭!"

걷어차인 천사 세 명이 알프레이야에게 날아왔다.

──받아낼까?

알프레이야는 가장 먼저 머리를 스친 그 '천사의 수장다운 행동'을 선택지에서 버렸다.

몸을 틀어서 날아온 부하 세 명을 회피했다.

"어라? 냉정하네, 천사의 수장. 제대로 받아주면 되었을 것을."

"그 틈을 타서 공격을 받으면 의미가 없지. 이들이 살아 있기만 해도 충분해."

바닥에 쓰러진 부하들에게는 눈길도 주지 않은 채 수인만을 노려봤다.

"나에게 묻고 싶은 것이라고? 말해봐라. 대답해 줄 마음은 전혀 없지만."

"_____."

"왜 그러지?"

"아니. 실은 그쪽은 이제 됐어. 지금 대화만으로 알았거든. 물어봤자 헛수고야. 내 얼굴도 기억하지 못하는 너는 어차피 기억하지 못할 테니까."

만티코어가 허탈하다는 듯 고개를 돌려버렸다.

솟구치던 살기도 거짓말처럼 사라졌다.

——맥 빠진다는 듯.

그 변모는 알프레이야가 짜증을 느낄 만큼 노골적이었다.

"인간과 가장 가까운 사고를 가진 게 만신족이니까 말이지. 그 녀석도 너에게 가장 중요한 비밀을 맡긴 게 아닌가 생각하고 있었는데."

"나를 모욕하는 건가? 무슨 뜻이냐? 『그 녀석』이 뭐지?"

"하하. 그야 너, 그 웃기는 인간을 기억하지 못하잖아?"

"……인간이라고?"

"시드 말이야."

수인이 꺼낸 그 이름이──.

흡사 기억의 상자를 열어젖히는 『열쇠』라는 것처럼.

'존재했다. 아니, 존재했을 것이다.'

'내가 미래를 닫아버렸다. 신을 사칭하는 대시조들의 예언에 사로잡혀서──.'

외투를 뒤집어쓴 인간.

양광색으로 빛나는 검을 든 남자의 모습이, 알프레이야의 뇌리를 한순간 스쳤다.

"윽."

"응? 갑자기 인상을 찌푸리다니 무슨 일이지? 설마 기억하고 있다는 건가?"

"…………."

기나긴 침묵. 아황 라스이에와 마주하던 알프레이야의 입에서 나온 것은, 생전 처음으로 하는 '거짓말'이었다.

"아니. 무슨 소리냐. 그 시드라는 자는 누구지?"

지금은 아니다.

자신이 진실을 말할 상대는 이 수인이 아니다. 알프레이야의 기억 속에서 누군가가 그렇게 호소한 기분이 들었으니까.

"기억이 안 난다? 으음, 순간 수상한 기척이 났는데."

라스이에가 고개를 갸웃했다.

"……뭐, 됐어. 너만큼 자부심이 강한 천사가 손쉽게 자신을 가장할 수 있을 것 같지는 않으니까. 거짓말을 하는 건 아닌가."

까드득.

왼손을 벽에 댄 만티코어가 그 손톱으로 벽면을 긁었다. 몇 번이고 몇 번이고. 손톱과 석재가 스치는 거슬리는 불협화음이 메아리쳤다.

"짐승. 그건 무슨 짓이냐?"

"용건이 두 개 있다고 말했잖아, 천사. 두 번째야. 이『묘소』가 슐츠에 있는 것과 같은 건지 확인하고 싶었거든."

"……묘소?"

"안타깝네, 알프레이야. 전부 잊어버리다니. ————과연, 대시조의 유물, 구조는 종족 공통인가."

그리고 무방비하게 등을 돌렸다.

적인 알프레이야를 완전히 방치한 아황 라스이에는 낮게 으르렁대는 목소리로 뭔가를 중얼거렸다.

"정사에 있던 네 개의 묘소는 기능을 정지했어. 하지만 대시조가 남아있다면, 역시 준비는 해둬야 하나."

"짐승, 뭘……?"

"정했다. 역시 이 녀석이 필요하겠어."

라스이에가 손가락을 튕겼다.

무풍이었던 묘소 내부에 갑자기 따스하고 축축한 공기가 불어

오기 시작했다. 그와 동시에 안쪽 통로에서 무언가가 다가오는 기척이 느껴졌다.

　환수족인가?

　그렇게 경계하던 알프레이야의 시야에, 죽음의 냄새를 발하는 기괴한 괴물이 뛰어들었다.

　"뭣······?!"

　"래스터라이저라고 해. 유쾌한 녀석이지?"

　라스이에가 가리킨 괴물을 본 알프레이야는 할 말을 잃었다.

　인간의 육체 같으면서도 팔은 추한 사자처럼 부풀어 올랐고, 두 눈은 뱀 같다. 망가진 인형에 갖가지 종족의 손발을 붙인 듯한──.

　"이런 꺼림칙한 생물이 있는 건가. 그렇게 말하고 싶은 표정이네, 알프레이야."

　"······이 녀석은 뭐냐."

　"나의 새로운 파트너야. 보는 대로 『잡종』이지. 운이 좋게도 이 녀석은 환수족의 인자가 꽤 강하게 섞여 있거든."

　래스터라이저라고 불린 괴물──.

　용의 뿔과 비슷한 머리의 돌기물을 어루만진 환수족의 영웅은 입꼬리를 씨익 올렸다.

　"그래서 복종시킬 수 있었지. 이 녀석의 체내에 있는 환수족의 인자가 나를 따르도록 움직인 모양이야. 짐승은 짐승을 따르는 법이니까."

　"······잘못 봤군."

직립부동인 괴물을 가리킨 알프레이야가 그렇게 내뱉었다.

"라스이에. 그 괴물을 길들여서 뭘 꾸미고 있는지는 알 생각도 없지만, 그런 네놈을 부하들이 본다면 어떻게 될까?"

"나? 뭐, 신뢰를 잃기는 하겠지."

"네놈에게 환수족을 이끌 자격은 없다. 그런 괴물을 길들여봤자———."

———닥쳐, 우둔한 놈.

공기가 흔들렸다.

아황 라스이에의 전신에서 솟구친 것은 불꽃이 아니라, 알프레이야조차도 한기를 느낄 만큼 범상치 않은 '격양'이었다.

"잘못 봤다고? 환수족을 이끌 자격이 없다고? 바보네. 너는 정말로 어리석어, 천사. 환수족의 영웅인 내가 동포를 이끌 필요가 어디에 있지?"

"뭐라고?!"

"내 몸을 던져서 종족을 구하는 것이 영웅이잖아! 내가 썩어 문드러지더라도 종족을 구할 수 있다면 바라던 바지. 종족을 이끄는 건 내가 아닌 누구라도 할 수 있어!"

핏발선 짐승의 안광.

홍련의 수인은 달리 비유할 데가 없는 노기를 품은 눈동자로 울부짖었다.

"이 세계는 『세계윤회』 때문에 이미 망가져 버렸거든. 시드는 그걸 경고했었어. 그러나 그 중요한 예언을 받았을 너는 모든 걸 잊어버렸지."

"……라스이에. 무슨 소리를 하는 거냐?"

"하지만 나는, 세계가 멸망하더라도 환수족만큼은 구해내겠어."

수인이 래스터라이저를 매만졌다.

"그걸 위해 이 녀석을 내 몸과 동화시킬 거다. 인간이 『이식』이라 부르는 개념이지. 환수족의 인자가 공통되어 있으니까 이어붙일 수 있을 거야."

"미쳐버렸나. 짐승?!"

"말했잖아? 내가 망가지든 미치든, 그리고 동포들이 깔보게 되든 상관없어. 환수족이라는 종족을 구할 수만 있다면. 그러니——."

짐승이 웃었다.

정상적인 범주를 일탈한 각오가 담긴 눈동자로.

"우선은 너를 써서 시험해 볼까. 래스터라이저의 이식 실험을."

"윽?!"

반사적으로 물러났다.

이 수인이 무슨 말을 하는 건지는 잘 모르겠지만, 안광에 깃든 광기가 말해주고 있었다. 지금 습격할 생각이라고.

——탁.

작은 기척.

물러난 알프레이야 뒤에서, 미약한 천사의 힘이 느껴진 건 그 때였다.

원군인가?

자신이 지상에 내려선 뒤 시간이 오래 지났으니 부하가 낌새를 보러 온 게 분명하다.

"잘 와줬다. 적은 두 명. 라스이에의 상대는 내가 하겠다. 너는 저 괴물을 부탁한다. 시간을 벌면——."

"…………."

전혀 반응이 없다.

그 위화감을 느끼고 돌아본 알프레이야가 본 것은, 두 번째 래스터라이저였다.

『주천 알프레이야……를…… 포획한다.』

"뭣?!"

마리오네트 같은 기괴한 이종족이 날개와 등에 매달렸다.

포학할 정도의 강력한 힘.

알프레이야의 모든 뼈가 삐걱거릴 정도의 힘으로 조이고 있었다.

"잡종이라고 했잖아. 그 녀석은 만신족의 인자가 강하게 나온 개체야. 천사의 힘을 느끼고 바로 부하라고 생각한 게 화근이 되었네에."

"……큭?! 라스이에, 네놈!"

"잘 가, 천사. 설령 살아남더라도 너의 마음은 부서져 버릴 테니까."

홍련의 수인이 던진 그 한마디와 함께.

Solitis Clar ‘Elmei-I-Nazyu Phenoria’ ──금주『혼돈
감염체』.

래스터라이저가 귓가에 무언가를 속삭였다.
 그 힘에 거스를 방법은 없었고, 주천 알프레이야의 의식은 깊
은 혼돈으로 가라앉았다.
 자아도, 기억도.
 모든 것을 래스터라이저에게 빼앗긴 살아있는 인형이 되어서
──.

3

“거기서부터는 기억이 없다. 내가 기억하지 못하는 건지, 아
니면 라스이에가 말한『이식』이라는 것으로 래스터라이저와
정신이 동화되었기 때문일지…….”
 10년 후인 현재.
 자아를 되찾은 주천 알프레이야가 본 것은 만신족이 봉인된
세계였다.
 “……아니. 그건 아닌가. 그때의 나 또한 나의 일부.”
 천사 궁전 게슈탈 로어──.
 하늘로 날아오른 아름다운 요새 한곳에서 알프레이야는 입술

을 깨물었다.

"래스터라이저는 나의 마음에 있던 오만을 비대화시켰을 뿐. 나의 마음에는 타종족은 물론이고 동포조차도 깔보는 정복심이 있었던 거겠지……."

그게 드러난 것이다.

자신이 등을 돌리고 있던 '또 하나의 자신'이 고름처럼 외부로 드러났을 뿐.

"……다시 시작해야겠군."

약간의 자조 섞인 웃음과 함께 알프레이야가 몸을 돌렸다.

영웅 실격.

타천사 알프레이야는 다시 한번 땅에서 날아오르는 것부터 시작할 것이다.

이 몸과 영혼을 모두 써서──.

"동포여. 지금은 견뎌다오. 반드시 너희를 해방할 테니."

1

신이 쇠퇴한 섬 이쥬라——.

일찍이 엘프와 천사의 연합군에 쫓긴 인간이 이 섬에 도착해서 작은 인류 특구를 형성했다.

그러나, 그런 인류 특구의 연락도 20년 전을 경계로 뚝 끊어졌다.

만신족에게 발견된 것일까?

바다를 건넌 천사들의 침공으로 괴멸한 것이리라. 그렇게 판단한 이오 인류반기군은 이 섬과 연락을 끊었다.

그리고 현재.

『그 섬으로 간다고? 제정신인가?』

이오 인류반기군의 지휘관 단테가 첫마디부터 거칠게 말했다.

본인은 통신기 너머. 이오 인류반기군의 거점인 제8도시 카시

오페이아의 지휘관실에 서 있을 것이다.

『오랜 옛날 인류 특구가 있었다고 하지만 이미 수십 년 전부터 소식이 없다. 만신족에게 발견되어 괴멸한 거겠지.』

"단테 공. 그런데 이야기가 달라졌습니다."

잔이 말했다.

"만신족은 그 섬에 한 번도 다가간 적이 없다고 합니다. 섬의 인류 특구에서 연락이 끊어진 것과는 관련이 없습니다."

『뭐라고?』

단테의 목소리는 경악.

그리고 그 이상으로 짜증을 냈다.

『무슨 소리냐, 잔. 그건 어디까지 신빙성이 있지? 우르자에 있던 네가 어째서 내가 모르는 정보를 입수한 거냐.』

"만신족에게 직접 들었습니다."

『……주천 알프레이야인가. 하지만 반대로 불확실해. 만신족의 수괴가 인간에게 그렇게 쉽게 정보를 내줄 것 같은가?』

"금방 알 수 있습니다. 인류 특구가 만신족에게 파괴되었다면 당시의 전투 흔적이 남아있을 테니까요."

『금방? 마치 지금부터 섬으로 간다는 듯한 말투로군.』

짜증을 내면서도 잔의 말을 한마디, 한 구절도 놓치지 않는 건 역시 대단했다.

분노하더라도 침착.

그가 잠깐 침묵한 것도, 잔의 통신기에서 살짝 들려오는 바람 부는 소리를 들었기 때문이리라.

『차 안인가? 이미 그쪽으로 이동 중이고, 그 틈에 이야기하고 있는 건가. ……보고가 조잡하지 않은가, 잔이여. 바다를 건너려면 배가 필요하다. 연안의 인류 특구에 연락하려면 나의 인류 반기군이 필요할 텐데.』

"호의에 감사드립니다만, 그쪽을 번거롭게 해드리지 않아도 될 것 같습니다."

『뭐라고?』

"저희는 해상입니다. 이제 곧 섬에 도착할 무렵이죠."

『……무슨 소리냐? 이봐, 잔. 너는 대체 무슨 소리를 하는 거냐!』

"천사의 탈것을 빌렸습니다. 이거 굉장하군요. 새가 된 기분입니다만, 이런 고도는 솔직히 조금 몸이 움츠러듭니다."

천사 궁전 게슈탈 로어.

초고속으로 이동하는 '하늘을 나는 건조물' 이다. 고도 수백 미터라는 높이에서 새파란 바다를 내다볼 수 있다고 말하면 듣기에는 좋지만, 그저 무섭다.

아무튼 발이 미끄러지면 추락.

빌딩 옥상 끄트머리에 아슬아슬하게 서서 지표를 내려다보는 듯한, 다리가 떨리는 공포가 있다.

"잔. 그렇게 바닥에 앉아 있지 않아도 괜찮다고."

"카, 카이?! 말하지 마라?!"

잔은 드넓은 바다를 내다볼 수 있는 바닥에 철퍼덕 주저앉아 필사적으로 매달려 있었다.

실은 이 대화 중에도 고개를 돌리며 바다를 보지 않으려 하고 있는데, 이런 한심한 잔은 아무리 단테라도 상상하지 못할 게 틀림없다.

"카이는 괜찮은 거냐……."

"아니, 무서워. 서 있기만 해도 다리가 떨려. 반쯤은 오기 같은 셈이야."

옆을 힐끔 바라봤다.

카이와 잔이 있는 곳은 바닥 중앙. 즉, 가장 추락하기 힘든 곳이지만 만신족 두 명은 궁전 가장자리 아슬아슬한 곳에 서 있다.

……알프레이야는 이해해. 날개가 있으니까 떨어져도 무섭지 않겠지.

……저 조그만 대요정은 대체 왜 태연한 거야?

천사 옆에 있는 대요정 실크는 놀랍게도 가장자리에서 몸을 내밀며 바다를 즐겁게 내려다보고 있는 게 아닌가.

"알프레이야 님. 구름이 엄청난 속도로 흘러가네요!"

"실크, 구름이 움직이는 게 아니다. 움직이는 건 궁전이지."

"아, 쪼그만 물고기!"

"고래겠지. 대해에서 가장 커다란 생물 중 하나로 불린다."

"실크가 더 큰데요!"

"우리가 해수면에서 떨어져 있기 때문이다. 다가가면 환수족보다 클지도 모르지."

"후에? 알프레이야 님은 박식하시네요오."

참으로 긴장감 없는 대화다.

뒤집어 보면 이런 대화가 가능할 만큼 두 사람 모두 여유가 있는 거다.

……아니. 겨우 여유가 생긴 건가.

……알프레이야도 석화가 풀린 직후에 느꼈던 위압감이 없어.

안도했을 게 분명하다.

지상에 남은 게 자신뿐이라고 좌절하고 있던 알프레이야에게, 자기 아래에 있는 실크의 존재가 얼마나 든든할까.

그 심경은 카이도 이해한다.

세계윤회에 말려든 직후, 똑같은 상실감을 맛봤기 때문이다.

그러나.

그런 카이조차도 상상할 수 없는 고독에 시달리던 소녀가, 있었다.

'동료는?'

'그런 건 없어. 줄곧…… 혼자였는걸………… 나.'

동료가 없어졌다는 게 아니다.

동료 같은 건 처음부터 없었다.

그런 공허한 말을 하던 린네의 생명은 대체 얼마나 고통에 물들어 있었던 걸까.

……태어날 때부터 괴로웠고.

……사라지는 순간까지 괴로워했어. 그런 게 어딨어.

이 세계는.

대체 어느 정도의 증오를 가지고 린네를 만들어 낸 걸까. 가혹한 종족의 생존 경쟁이라는 범주가 아니다. 린네의 괴로움은 경쟁이 아니라 '저해'다.

"보인다."

그런 카이의 의식이 주천 알프레이야의 한마디로 각성했다.

알프레이야가 손가락으로 수평선을 가리켰다. 녹색 수해로 채색된 거대한 섬의 윤곽이 어렴풋이 보였다.

"와아! 아름다운 숲이네요, 알프레이야 님!"

"……그렇군. 엘프의 숲과 식생도 비슷해."

들뜬 대요정 옆에서 수평선을 내려다보는 알프레이야의 눈빛은 날카로웠다.

"확실히 의문이군. 어째서 우리는 이 섬에 접근하지 않았지? 엘프가 살기 좋은 숲이라면 섬에 상륙하더라도 이상하지는——."

찌릿.

천사 궁전을 감싸는 결계가 삐걱거린 것은, 그때였다.

만신족 두 명만이 아니다.

카이는 물론이고 후방에 앉아있던 잔, 궁전 안에서 대기하던 발뭉이나 화린도 같은 감각을 느꼈을 거다.

등골에 전류가 내달리는 듯한, 통증을 동반한 위화감을.

"아, 알프레이야 님?!"

대요정이 겁먹은 듯 주군에게 매달렸다.

"지, 지금 결계는 뭔가요?! 실크, 닿을 때까지 감지하지 못했어요!"

"……성가신 법술이군."

실크의 머리를 쓰다듬어 주면서.

만신족의 영웅은 이쪽에 들려주려는 듯 돌아봤다.

"섬 하나를 결계로 뒤덮고 수백 년이나 숨을 죽이고 있었나. 이만한 힘을 숨기고 있으면서. 대시조 녀석들, 우리에게 어지간히도 숨기고 싶은 비밀이 있는 모양이다."

2

태고의 자연 그대로의 모습.

엘프의 숲과 비교해도 손색이 없는 거대한 나무는 모두 수백 년이라는 나이를 먹었는데도 여전히 파릇파릇 살아있었다.

뒤틀린 줄기. 지면에서 삐져나온 뿌리만 봐도 카이의 몸통보다 두껍다.

"『신이 쇠퇴한 섬 이쥬라』. ──조사부대와 동행했던 자연학자가 이 섬의 원생림과 독자적인 생태계를 보고 그런 이름을 붙였다고 합니다."

잔 옆을 걷던 화린이 울창하게 우거진 나무들을 올려다봤다.

태양빛이 지표까지 닿지 않는다.

너무나도 거대한 나무와 무수한 나뭇잎이 햇살을 차단하고 있기 때문이다.

"식물 군락도 동물상도 대륙과는 다르군요. 우리 쪽에서는 원생림이라는 것만 보고 엘프의 숲과 동일시할 것 같습니다만, 이섬은 바다로 고립돼 독자적인 생태계가 있는 것 같습니다. 잔님, 발밑을 주의하시죠."

"잘 아는군? 화린."

"유룬 연방에서 출발하기 직전에 연락해서 체흐벤 참모에게 조사를 부탁했습니다. 이런 비경에는 미지의 유독 동물이나 육식동물이 있어도 이상하지 않으니까요. 그럼, 그쪽은 어떠냐? 애슐런."

"······캑. 애벌레잖아?!"

앞서가던 애슐런이 갑자기 그 자리에서 물러났다.

"화린 님?! 이, 이 애벌레는 독이 있는 걸까요?!"

"그걸 조사하는 게 우리의 임무다."

"싫어어어어————————어어?! 커, 커다란 나방이 나왔어?!"

곧이어 사키가 비명.

"카이, 쫓아내! 태워버려!"

"무해하니까 불쌍하잖아. 그보다도 사키, 네 등에 커다란 거미가."

"더 이상은 싫어어어어어?!"

사키의 비명이 터지자 머리 위에 있던 새들이 일제히 도망쳤다.

단, 원생림이어서 새나 작은 동물들도 인간을 무서워하지 않는다. 도마뱀이 카이의 뒤를 계속 따라올 정도다.

"으으……. 머리카락이 거미줄 범벅이 됐고. 여기저기 애벌레투성이고 최악이야. 적어도 어느 게 위험한 벌레인지 알면 좋을 텐데. 카이, 너 이런 거 잘 알잖아."

"내가 아는 건 5종족뿐이야. 생물 박사가 아니라고."

탄식하는 사키에게 쓴웃음을 지었다.

"그래도 약간의 도표는 있어. 사키도 주의 깊게 보라고."

"응? 뭐가?"

"선두에 있는 저 녀석들 말이야."

카이가 가리킨 곳은 자신들보다 10미터 정도 떨어진 위치다.

맨 앞줄──.

주운 나뭇가지를 안고 기쁜 듯이 달리는 대요정 실크와 알프레이야. 미지의 숲일 텐데도 겁먹은 기색이 없다.

……엘프는 나무와, 드워프는 대지와, 그리고 요정은 바람과 『대화한다』.

……위험이 있다면 가장 먼저 눈치채겠지.

대요정 실크가 뜀뛰기를 하듯이 숲을 나아갔다.

걷기 쉬운 짐승 길이 아니라, 오히려 나무가 얽혀 있는 길을.

"아, 나비! 보세요, 알프레이야 님. 본 적 없는 나비가 있어요!"

"실크, 벌레와 노는 건 나중에 하자. 너의 청각에 뭔가 걸리는 건 없는 거냐?"

"으음. 무서운 소리는 안 들려요오."

대요정이 주변을 바라보는 동작.

그러나 곧바로 어리둥절하며 고개를 갸웃했다.

"어라? 이 기척은 뭐지? 위험한 느낌은 아니지마안."

덤불을 들여다본 대요정 바로 옆에서, 가지가 흔들리는 부스럭 소리.

다음 순간.

대요정 앞에 무언가가 뛰쳐나왔다.

"응?"

"꺄앗?"

대요정 앞에 뛰쳐나온 건, 햇볕에 탄 구릿빛 피부의 소녀였다.

인간 소녀.

흙먼지가 묻은 셔츠와 반바지라는 야성미 있는 차림새는, 마치 숲에서 사는 선주민 같은 인상이다.

"··················요정?"

"··················인간?"

빤~히. 인간 소녀와 대요정은 뒤쪽에 있는 카이 일행을 알아챈 기색도 없을 만큼 진지하게 서로를 응시하더니.

"꺄아아아아아아아아아?!"

"싫어어어어어어어어어어?!"

인간 한 명과 요정 한 명은 거의 동시에 도망쳤다.

대요정은 알프레이야에게 달라붙었고, 햇볕에 탄 소녀는 아까 나왔던 짐승 길을 도약하는 기세로 돌아갔다.

"노대장님, 큰일이에요. 만신족이⋯⋯!"

"아, 잠깐. 우리는——."

"잔 공. 큰소리로 불러세워 봤자 겁만 줄 뿐이야."

발뭉이 잔을 제지했다.

그리고 소녀가 떠나간 방향을 응시했다.

"그나저나 인간 소녀라고? 화린, 이 섬은 오랜 옛날에 인류 특구가 있었다고 했지? 그녀는 그 생존자인가?"

"아마도요. 많이 마모되었지만 저 옷은 생산 플랜트에서 만들어졌을 겁니다. 섬 선주민이 아니라 대륙에서 온 이주자⋯⋯ 혹은 그 자손이겠죠."

그렇게 대답하는 화린도, 게다가 주천 알프레이야마저도 어안이 벙벙해진 표정이다.

대시조가 언제 나타나도 이상하지 않다.

그렇게 긴장하고 있었는데, 인간이 나타났다.

"⋯⋯어떻게 된 거지."

카이에게도 예상 밖이다.

"알프레이야. 만약을 위해 묻고 싶은데, 저 아이가 사실 대시조가 변장했을 가능성은? 법술로 변신해서 우리를 방심하게 하려는 함정이라거나."

"그럴 리는 없다. 그래서 나도 놀란 거다."

대천사는 즉시 부정했다.

"저건 확실하게 인간이다."

"알았어. 내가 선두에서 뒤를 쫓을 테니까, 너희는 가장 뒤에서 따라와 줘. 그리고 사키도 애슐런도, 총은 뒤에 숨겨놨으면 좋겠어."

총기를 들고 다가가면 경계할 거다.

드레이크 네일을 등에 멘 카이는 짐승길을 나아갔다.

3

인류 특구 『제11차 이오 피난민 거점』.

신이 쇠퇴한 섬의 원생림, 그 안쪽에 있는 탁 트인 공터에 텐트와 목재를 긁어모은 취락이 펼쳐져 있었다.

"……만신족과의 휴전을 체결했다니. 그것이 사실입니까?"

광장에 모인 건 30명 정도.

중심에 선 노인이 놀랍다는 목소리를 냈다. 30년 전에 섬으로 도망친 피난민들의 대장으로, 지금은 노대장이라 불리고 있다.

"당신들은 우르자와 유룬의 지휘관이 틀림없는 겁니까?"

"그래. 나는 유룬의 발뭉. 이쪽은 우르자의 잔 공이다. 우리는 섬을 조사하러 왔다."

발뭉의 목소리가 마을에 울려 퍼졌다.

어떤 용병보다도 덩치가 크고 험상궂지만, 분위기는 가시 돋치지 않았다.

초대면인 이들이 보기에도 한눈에 '믿음직하다'라고 느끼게 하는 모습은, 카이나 잔에게도 없는 그가 가진 특유의 카리스마 덕이라고 할 수 있으리라.

"우리가 제군을 발견한 건 다행이로군. 우리의 이번 원정은 섬 조사지만, 물론 제군의 구출도 그에 포함된다."

웅성.

노인부터 아이까지. 발뭉을 바라보던 많은 이들이 일제히 웅성거렸고—— 다음 순간, 일제히 환성을 내질렀다.

"그걸 위해 확인하고 싶군. 제군은 일찍이 만신족에게 쫓겨 섬으로 피난했지만, 단 하나 있던 통신기기가 망가지고 말았다. 그렇지?"

"그렇습니다. 우리는 그 이후 대륙의 상황을 알지 못한 채 섬에 숨어 살았죠. 그러니 만신족과 휴전을 체결했다는 이야기도 솔직히 아직 실감이 나지 않는군요."

"눈으로 보는 편이 빠르겠군. 이봐, 거기."

발뭉이 손짓했다.

주민들의 시선이 마을 입구—— 그곳에 있는 나무 울타리로 향했다.

"이봐, 나와라. 이 인간들은 너에게 위해를 가하지 않아."

"…………"

"이봐?"

"…………"

"에에잇, 답답하군!"

발뭉이 직접 나무 울타리로 달려가 거기에 숨어있던 대요정 실크를 다짜고짜 안아 들었다.

"자, 빨리 와라!"

"시이이잃어어어어어어?!"

"아아, 정말. 소란 피우지 마라, 시끄럽다! 이봐, 할퀴지 마, 손톱 세우지 마?!"

"먹혀버려어어어어어어어?!"

"누가 먹는다는 거냐?!"

대요정——.

겉보기로는 발뭉의 허리에도 닿지 않는 난쟁이지만 엄연한 만신족이다.

"보는 대로 요정이다. 대륙에서는 이오 인류반기군과 만신족이 정전 협정을 체결했지. 이 섬은 대부분 원생림이고, 이 녀석에게 숲 탐색은 식은 죽 먹기니까. 이렇게 동행하고 있는 거다."

"…………으으…… 인간이 잔뜩…… 참자 참자……."

"그렇지?"

"네, 네에엣!"

발뭉의 어깨에 올라탄 대요정.

무서워하면서도 주변에 있는 인간이 덮쳐오지 않는 것에 일단 안심한 모양이다.

……생각대로 실크가 정답이었어.

……알프레이야가 있었다면 역시 무서워했을 테니까.

천사는 카이 옆에 있다.

단, 주민은 누구도 눈치채지 못하고 있다. 주천 알프레이야는 마을에 들어오기 전부터 몸을 숨기고 있었으니까.

——당신만큼은 모습을 감출 수 없겠어?

평범한 요정과는 전혀 다르다.

섬사람들에게 만신족의 영웅 알프레이야는 틀림없이 공포와 증오의 대상이다. 이 자리에서 그들을 겁먹게 만들지 않기 위해 카이가 그렇게 제안한 거다.

천사의 은폐 법술.

이 술식을 전에 린네에게 들은 적이 있기에 나온 제안이었다.

'맞지? 린네.'

'응. 천사의 결계 법술이니까 괜찮아. 우리는 들키지 않았으니까.'

모습을 감추는 천사의 법술.

왕도 우르자크의 정부 궁전을 달려갈 때 린네가 가르쳐줬다.

……처음 만났을 때부터 그랬어. 배우는 입장이었던 건, 나야.

……린네는 나를 돕기 위해 무엇 하나 숨기지 않았어. 언제나 전력이었어.

그것이 이유다.

카이가 린네를 구하고 싶다고 진심으로 맹세한 이유.

"하나 묻고 싶은데요. 마을 사람 누구라도 좋아요."

광장에 모인 피난민들을 돌아본 카이가 목소리를 높였다.

"우리는 위험한 괴물을 찾고 있어요. 그걸 추격하는 사이 이

섬이 후보로 부상했죠. 환수족 수준으로 커다란 새. 황금빛 날개를 가진 무척이나 화려한 녀석."

아무도 반응이 없다.

노인도 뒤에 있는 주민들도, 짐작 가는 게 있는 표정으로는 보이지 않았다.

"모르십니까. 노대장님은……."

"미안합니다. 이 섬에 사는 건 대부분 작은 동물입니다. 그게 아니라면 피난민인 우리가 무사히 살아갈 수 있을 리가 없죠."

정론이다.

주민의 무장도 기껏해야 낡은 엽총이라서, 이래서는 대형 육식동물에게 저항할 수 없다.

반면 대요정은 입을 삐죽였다.

"그럴 리가 없어! 실크는 느끼고 있는걸. 섬에 커다란 결계가 쳐져 있었어. 이 섬에는 분명 뭔가 있을 거야!"

"————카이. 저 받침대는 뭐지?"

대천사의 목소리.

옆에 선 알프레이야가 모습을 감춘 채 속삭였다. 카이에게만 들리는 목소리로.

"광장 안쪽이다."

"……실은 나도 신경 쓰이던 참이야. 제단으로 보이는데."

목재를 조립한 받침대. 모종의 의식에 쓰이는 제단인지, 주변의 지면에는 도료로 복잡한 문양을 그려놨다.

저건 뭘 위한 거지?

낡은 텐트가 늘어선 가운데, 저 제단만 새것처럼 보이는 것도 눈길을 끈다.

"미약하지만 법력이 느껴지는군."

"뭐라고?!"

하마터면 경악한 목소리가 주변에 샐 뻔했다.

"어떻게 된 거야? 알프레이야. 저 제단에 무슨 속임수라도 되어 있는 거야?"

"그건 아니야. 법력이라고 해도 잔재다. 법술이 걸려있는 게 아니라, 저 제단 주변에서 뭔가를 한 거다. 그때 묻은 법력의 기척이 나는군."

"……그렇다면."

인간 이외의 누군가가 저 받침대를 사용한 흔적이란 말일까?

이 상황에서는 대시조 말고는 생각할 수 없지만, 그게 반대로 부자연스럽다.

"극락조가 저런 작은 제단을 이용할까?"

카이가 바라보는 광장 제단은 기껏해야 조그만 어린애 한 명이 위에 올라갈 수 있는 정도의 크기에 불과했다.

……대시조의 건조물이라면 뭐니 뭐니 해도 묘소가 있다.

……그 초거대 피라미드와 이 조그만 제단이 똑같아 보이지는 않는다.

"누구라도 좋아. 우리에게 가르쳐줬으면 좋겠는데, 저 제단은 뭐지?"

"무녀신님이! 저기서 점을 쳤어!"

아직 열 살 무렵의 소녀가 힘차게 제단을 가리켰다.

"무녀신님은 우리를 지켜줬어. 굉장해. 비를 멈추거나, 폭풍에서 마을을 지켜주기도 했어!"

"……기도사^{샤먼}인가?"

자연 공생형 취락에서 옛날에 존재했던 점술사다.

카이가 아는 간 샤먼은 예로부터 '신의 빙의체'로 신앙을 모아 왔고, 그 점술의 결과는 신에게 받은 계시라며 믿어왔다.

현대에는──.

그런 신의 계시를 '예언'이라고 부른다.

"우연의 일치……는 아니겠지."

예언신을 자칭하던 대시조가 바로 그렇다.

시드로 선택한 인간에게 '예언'을 내려왔다.

"그 무녀신님은 어디에? 지금 광장에 있는 건가?"

"이젠 없습니다. 몇 년 전, 그 아이는 혼자서 섬을 나갔지요. 저 안쪽의 제단도 그 이후 사용하지 않고 있습니다."

대답한 노인이 그리운 시선으로 제단을 돌아봤다.

"테레지아라는 젊고 총명한 아이였습니다. 폭풍이 치던 날에 조각배를 타고 바다로 나갔는데……. 소식은 없지만, 대륙 어딘가에서 무사히 지내고 있다면 좋을 텐데요."

"테레지아라고?!"

"그렇습니다. 설마 그 아이를 알고 계십니까?"

"…………아니. 풍문으로 들었을 뿐이야. 나도 자세히는 모르지만."

말을 흐린 카이는 고개를 가로저었다.

——인간병기 테레지아 시드 페이크.

사화산 꼭대기에서 용병왕 아카인과 함께 나타났던 '시드' 중 한 명. 항상 우울한 표정으로, 비범한 분위기를 발하던 소녀였다.

……그 사화산에서 만날 때까지 그녀에 대한 건 알지 못했어.

……완전히 정체불명이었는데, 그런가. 이 섬 출신이었나.

대시조가 있던 섬에서 '시드'로 선택받았다.

그렇다면 '비를 멈췄다', '폭풍에서 마을을 지켰다'라는 것도 그저 비유는 아닐 것이다. 정말로 기적.

그러나 점술이 아니라, 대시조에게서 받은 법력으로 한 거겠지.

"으음……. 나는 이해할 수가 없군. 무례를 각오하고 물어보고 싶은데."

발몽이 광장의 주민들을 바라봤다.

"그 무녀신이라는 자를 의심스럽다고 생각한 적은 없나? 나는 인류반기군의 지휘관으로서 반드시 근거를 요구한다. 수상한 점술이나 주술 같은 건 믿지 않는 성미야. 그런 불확실한 걸 의문으로 느끼지는 않았나? 너무나도 광신적이지 않았나 이 말이다."

"말씀하신 대로입니다. 저희도 테레지아의 힘이 무엇인지 의심스러워하고 있었습니다만……. 오랜 옛날부터 이 섬의 선주민에게는 무녀신의 전설이 있었던 모양입니다. 신의 기적을 받은 자가 있다고요."

"······뭐라고?"

거구의 지휘관이 눈을 가늘게 떴다.

"그야말로 『신이 쇠퇴한 섬』이라는 이명 그대로군."

"네. 이전 조사대의 언급에 따르면 전 세계에 감도는 법력이 마침 이 섬 어딘가에서 파워 스폿으로 고여 있는 게 아니냐고 하더군요. 그것이 섬사람들에게도 미세한 영향을 주고 있는 게 아니냐는 설이었습니다."

"······말하고자 하는 바는 알았다. 그 가설이라는 걸 규명하는 것부터 시작하지."

씁쓸하게 수긍한 발뭉이 어깨에 올린 대요정을 땅에 내렸다.

"이봐, 나설 차례가 왔다. 꼬마. 숲의 탐색은 너의 특기 분야 아니냐."

"후엣?"

"이 섬에 인간에게 힘을 주는 『무언가』가 있다는 건 확정됐다. 십중팔구 우리가 쫓는 녀석들인 게 틀림없겠지."

"······그게에?"

"탐색을 속행한다는 소리다. 바로 가 보자."

4

신이 쇠퇴한 섬 이쥬라, 동쪽 원생림──.

울창하게 우거진 나무가 태양빛을 가려서 짐승길은 저녁처럼 어두컴컴하다.

머리 위는 새.

지상은 벌레.

각각의 울음소리가 끊임없이 들려오는 그 안에서.

"알프레이야, 당신은 아까 이야기 어떻게 생각해? 이 섬에 법력의 파워 스폿이 있다는 설 말이야."

"우스갯소리도 안 되는 말이다."

카이 옆을 걷던 대천사의 대답은 신속했다.

"법력에 그런 성질은 없다. 법술로 방출된 뒤에는 시간과 함께 사라지고, 고이지는 않아. 그 힘이 인간에게 깃드는 일도 없다. 만에 하나 깃든다고 해도 법력을 법술로 발동하는 건 불가능해. 그 원리는 알겠지?"

"법력 기관이 없으니까?"

"맞다. 우리조차도 법력은 있어도 법력 기관이 없기에 법구를 이용한다. 인간이 법술을 쓰는 건 불가능해. 다시 말해서——."

나무뿌리가 튀어나온 길.

주천 알프레이야는 도약하듯이 앞을 나아가는 실크를 쫓아가면서 천천히 말을 이었다.

"테레지아라는 인간이 법술을 사용했고, 그게 진실이라면 대시조의 짓일 거다. 파워 스폿 같은 것이 아니라."

"대시조가 뭔가를 하면 인간도 법술을 쓸 수 있게 된다?"

"안 될 거다. 조금 전에도 반복해서 말했듯이 법력 기관이 없으니까. 법력이 깃들어도 인간의 육체에서 바로 빠져나가는 게 고작이겠지."

"……확실히 그렇겠군."

카이도 자신의 몸으로 체험한 기억이 있다.

엘프의 무녀 레이렌의 영약을 마신 부작용으로 법력을 얻었지만 결국은 일시적. 며칠도 지나지 않아 법력이 사라졌다.

"하지만 그렇다면 테리지아가 법술을 사용한 게 부자연스럽다는 결론이 되지 않겠어?"

"맞다. 그리고——."

대천사가 발을 멈췄다.

엄숙한 옆얼굴의 천사가 카이, 잔이나 발뭉, 사키, 애슐런을 순서대로 바라봤다.

"대시조의 정체를 추측할 열쇠가 거기에 있지."

"응?"

"인간이 법력을 가지는 건 있을 수 없다. 대시조가 부여하더라도 일시적이겠지. 그 힘이 영속적으로 이어진다면 그건 오히려——."

"달라붙어 있는 거다."

숲의 소란이 조용해졌다.

무음의 세계.

새도 벌레도. 나뭇잎이 바람에 스치는 소리조차도 끊어졌다.

그렇게 착각할 만큼 카이는 천사의 말에 귀를 기울이고 있었다.

"예를 들어 명제 바네사는 서큐버스다. 그 악마는 『매료』를 써서 우르자의 인간을 수백 명이나 노예로 삼았다고 들었다. 트릭은 그것과 똑같다."

법력은, 인간에게는 고이지 않는다.

남는다면 그건 '저주'.

인간에게 달라붙는 법술이라면, 법력은 저주로서 항상 인간에게 남는다.

"나는 이렇게 추측했다. 대시조들은 신을 자칭하며 자신이 선택한 인간에게 하늘의 은혜라며 법술을 내린다. 그러나 실제로 내리는 건 법력이 아니라 『저주』."

"……잠깐만. 인간에게 달라붙는다니, 그래서는 마치……."

"대시조에게는 육체가 없다. 너희 말을 통해서 나는 그렇게 추측했다. 이른바 『법력 그 자체』다. 사념체라고 해도 되겠지."

어떠냐?

말없이 그렇게 묻는 대천사에게 바로 대답해 줄 수는 없었다. 카이조차도 상황을 정리하느라 머리가 한계였으니까.

……대시조의 정체는 '법력의 집합체'?

……악마의 매료처럼, 인간에게 달라붙는다고?

상상도 하지 못했다.

하지만 그 가설은 대시조가 어째서 인간의 편을 들었는지 설명해 준다.

인간은 달라붙을 대상이니까.

……인간이 4종족에게 멸망하면 대시조들은 달라붙을 대상을 잃어버려.

……그래서 인간을 필사적으로 살리려 한 거야.

숙주가 멸망하게 둘 수는 없다.

그렇기에 대시조는 인간에게 협력하는 척을 하며 4종족의 봉인을 계획했다.

"대시조의 정체를 폭로할 목적으로 이 섬에 왔는데, 그 보람이 있었군. 이렇게 가설을 하나 세울 수 있게 되었다."

주천 알프레이야가 다시 걸었다.

"이제는 실증을 해봐야겠지. 이 섬 어딘가에…… 실크. 어떠냐?"

"알프레이야 님. 있어요!"

덤불을 헤치며 나아가던 대요정.

그가 가리킨 곳에, 이끼투성이 유적이 조용히 우뚝 솟아 있었다.

──미해석 신조 유적.

바위를 벽돌 형태로 가공하여 만들어진 유적으로, 그 표면은 이끼가 빼곡하게 덮여있고 덤불과 꽃이 무성했다.

"나와 카이가 대시조 아수라소라카를 만났던 유적과 비슷하네……."

잔이 진지한 표정으로 말했다.

"발뭉 공, 대시조의 유적이 틀림없을 겁니다."

"녀석들은 내부에 있나?"

"아마도요. 그러나 섣불리 들어가면 위험하겠죠. 우선은 이 유적 바깥을…… 화린? 봐봐, 이건 뭐지? 석판으로 보이는데."

잔이 유적의 문 측면을 올려다봤다.

이끼가 무성한 바위에 무언가가 조각되어 있다. 고대 문자와, 그리고 신을 나타내는 벽화?

아니다.

이건 신이 아니라 '대시조'를 조각한 벽화였다. 지면을 기는 도마뱀 같은 모습과, 공중에 떠오른 인간 흉상 같은 모습.

"모두 내가 모르는 모습이군."

알프레이야가 벽화를 올려다봤다.

"카이, 극락조의 주인이라는 건 이 녀석들이냐?"

"틀림없을 거야. 슐츠의 사화산에서 내가 본 대시조와 닮았으 니까, 이 외딴섬에는 대시조가 숨어있었던 거야. 그래도 묘하 네……."

묘소를 만들었다는 운명룡 미스칼셰로.

예언자 시드에게 예언을 내린 광제 이프.

이 두 명이 벽화에 그려져 있다는 건, 섬의 선주민이 신으로 섬 겨온 것으로 봐도 틀림없다. 여기까지는 예상대로지만.

"아수라소라카가 없어?"

벽화를 유심히 바라보던 잔이 잠긴 목소리로 중얼거린 건 그 때였다.

"나를 영웅으로 치켜세우려 했던 그게 그려져 있지 않아. 어 째서……?"

"나도 모르겠어. 하나 부족해."

카이가 벽화의 어디를 돌아봐도 마지막 한 명인 기원자 아수라소라카의 그림은 없었다.

……이 벽화를 만든 선주민들에게 알려지지 않았으니까?

……아니, 그런 게 아니야.

가슴속에서 소용돌이치는 예감이 '아니다'라고 속삭였다.

이 벽화야말로 진실인 거다.

주천 알프레이야의 가설을 들었던 순간부터, 카이도 말할 수 없는 위화감을 미약하게 받고 있었다.

──아직 진실에 도달하지 못했다?

카이가 아는 '아수라소라카'가, 대천사의 가설에 들어맞지 않았기 때문이다.

'대시조에게는 육체가 없다'

'이른바 『법력 그 자체』다. 사념체라고 해도 되겠지.'

아수라소라카에게는 육체가 있다.

왜냐하면 그녀는 세계종이니까. 석화되어 있던 베일 속에는 린네와 같은 육체가 있을 거다.

……알프레이야의 가설이 잘못되었나?

……아니. '대시조=육체를 가지지 못한 법력의 집합체'라는 건 신빙성이 있어.

그렇기에 맞물리지 않는다.

알프레이야의 '대시조가 인간에게 빙의하는 걸 꾸미고 있다.'라는 추측은, 4종족의 봉인이라는 동기를 해설하기에는 더할 나위 없었다.

그러나 아수라소라카는 예외.

육체가 있고, 이 벽화에도 '신'으로 그려져 있지 않다.

"그려져 있는 건 광제 이프와 운명룡 미스칼세로 두 명뿐. 아수라소라카는 없어. 육체도, 아수라소라카만큼은 존재해. …………그건…….

오싹. 식은땀이 뺨을 흘렀다.

설마. 자신은 터무니없는 착각을 하던 게 아닐까?

……내 예감이 조금이라도 올바르다면.

……아수라소라카. 너는 대체 뭘 꾸미고 있는 거야?!

한기가 멈추지 않는다.

자신도, 예언자 시드도, 어쩌면 대시조조차도 속고 있었던 게 아닐까. 그런 가능성의 일부를 깨닫고 말았으니까.

"잔."

살며시 입술을 깨물었다.

한기에 떨리는 어깨. 두근, 두근 조금씩 커지는 고동 속에서.

"우리는 속고 있었던 걸지도 몰라."

"뭐?"

"이 벽화 그대로야. 기원차 아수라소라카는 대시조가 아니야. 우리는 대시조라는 카테고리로 묶고 있었지만, 그 녀석은 애초부터 세계종이었어. 그걸 좀 더 주시했어야 했는데."

"가, 갑자기 무슨 소리를?! 아수라소라카는 대시조의 동료가 틀림없을 텐데⋯⋯."

"동료이긴 하겠지. 하지만 그 녀석만큼은 명백하게 돌출되어 있고 이상해!"

저도 모르게 말투가 강해졌다.

왜냐하면 진정한 흑막은 그야말로──.

『아수라소라카가 나의 권속? 이보다 웃기는 말이 없군.』

『그러나 그 의문에 도달할 수는 없을 거다. 알 의미도 없으니.』

목소리는 아득한 상공에서 들렸다.

태양의 빛──.

그렇게 생각하던 광채는, 거조 한 마리가 방출하는 법력이 구현화된 것이었다.

"알프레이야 님?!"

"물러나라, 실크. 이 새는 길들이는 데 조금 수고를 들 필요가 있으니."

실크가 거목 뒤로 도망치는 가운데.

주천 알프레이야가 법구인 백은색 지휘봉을 움켜쥐었다.

"네놈 정도의 거구를 넣을 새장은 없고, 준비할 생각도 없다. 그저 복종할 때까지 몇 번이고 땅에 떨굴 뿐이다."

『만신족이여. 동포와 헤어져서 쓸쓸한가?』

위대한 낙원의 사자——.

고대 신화에서 나타나던 극락조가 멸시를 담아 지상에 말을 걸었다.

『그대야말로 내가 봉인해 주마. 묘소라는 이름의 영원한 새장에.』

1

　신출귀몰──.
　태곳적 옛날부터 신은 홀연히 인간의 도리나 예측을 뒤집으며 현현한다고 전해진다.
　그런 전승처럼.

　『이 청정한 땅에 더러운 몸으로 발을 들였나. 주천 알프레이야여.』

　신의 사자를 자칭하는 자는 황금빛 광채와 함께 하늘에 나났다.
　원생림에 둘러싸인 유적을 내려다보며.
　『죄를 씻는 것을 잊어버린 그대가 잘도 이 땅에 나타났구나.』
　"──과연."
　하늘에서 쏟아지는 모멸의 감정.
　그걸 받아낸 주천 알프레이야의 대답은 싸늘한 냉소였다.

"거의 틀림없군. 대시조의 권속을 자칭하는 네놈은 역시 육체를 갖지 못한 법력의 집합체다."

『…………』

"실크가 너의 접근을 눈치채지 못했다. 이 지상에서 가장 민감한 감각영역을 가진 요정이 반응하지 못했다는 건, 하늘에 떠 있는 너의 냄새와 기척이 0이니까."

그러면서 하늘을 가리켰다.

"너의 날개도 고농도 법력이 결정화된 것. 얼음처럼 응고되어 있더라도 시간이 지나면 녹아서 법력으로 돌아가겠지. 안 그런가?"

『치졸하도다.』

극락조가 그 신성한 날개를 크게 펄럭였다.

『그것으로 나의 신비를 해명했다고 뽐내는 어리석음과 함께, 어서 사라져라!』

—신화 재현 『Vequs haul 달라붙는 등불』

"알프레이야 님?! 뭐, 뭔가 위험해요!"

그렇게 외친 대요정이 올려다본 창궁에서, 왕뱀이 똬리를 튼 것 같은 불꽃의 기류가 몰아쳤다. 회오리 같은 소용돌이가 지상을 향해 내려왔다.

……폭풍 같은 커다란 불꽃?!

……너무 커. 코드 홀더로 베기 전에 휘말리겠어!

인류 특구 하나쯤은 삼킬 것이다.

불꽃 폭풍이 원생림의 나무들을 휩쓸면서 불태웠다. 수천수만이나 되는 나뭇잎이 순식간에 검은 재가 되었고, 부엽토가 쌓인 흙이 그을려 메말랐다.

"뛰어들어!"

불꽃이 지상으로 다가오는 굉음 속에서 카이는 목이 터져라 외쳤다.

달려간 곳은, 눈앞의 메가리스.

──검은 묘소와 같다.

이게 대시조의 유적이라면 대시조의 권속이 가진 힘에도 견딜 수 있을 것이다.

『대시조의 유적을 방패로 삼다니, 체면 따위는 아랑곳하지 않는가.』

불꽃 폭풍이 사라졌다.

타버린 유적을 내려다본 극락조가 탄식하듯이 말했다.

『다음은 그 유적까지 없애버리겠다.』

"알고 있어. 이용하는 건 한 번뿐이야."

흑연이 피어오르는 지상으로 뛰쳐나왔다.

그 너머에서 카이가 본 것은 파릇파릇한 녹색 원생림──이 아니었다.

초토.

불꽃 폭풍이 휩쓸린 나무들은 재로 변했고, 지상에 있던 녹색 덤불은 날아갔다. 안타깝게 불타버린 지표가 지평선까지 이어져 있었다.

"숲이?!"

대요정 실크의 목소리는 찢어지는 듯한 비명이었다.

"……다들…… 다들 사라졌……어……."

"용서할 수가 없군. 이곳을 청정한 땅이라 부르던 네놈 아닌가. 그걸 자기 불꽃으로 태워버리다니, 언제까지 하늘의 대변자인 척할 셈이냐."

검댕을 흩뿌리는 흙을 밟은 알프레이야.

그 두 눈은 마치 작은 요정의 분노를 대변하듯이 강한 감정을 토로했다.

"신을 사칭하는 가짜 놈."

『불꽃의 정화. 이것 역시 재계. 그대와 같은 더러운 자들이 불러온 재앙이다.』

극락조의 광채가 늘어났다.

『심판을 집행한다.』

"사키, 애슐린!"

제2격이 온다.

카이는 머리 위에서 내리누르는 강대한 중압에 거스르는 기세로 초토 안쪽을 가리켰다.

지평선 너머.

"시간이 없어!"

두 사람이 눈을 크게 떴다.

살아남은 용병이라면 당연히 눈치챈다. 지금 가장 먼저 해야 하는 것은 무엇인가.

극락조의 격파? 아니다.

이 섬에 있는 수십 명이나 되는 주민을 피난시키는 것이다. 그들을 한시라도 빨리 이곳에서 떨어뜨리지 않으면, 전투의 불똥이 어디까지 번질지 알 수 없다.

······이 숲 일대를 가차 없이 태워버리는 녀석이야.

······인간의 거주지 같은 건 거들떠보지도 않을 게 뻔해.

극락조만이 아니라 만신족의 영웅 알프레이야도 있다. 이 두 명이 진심으로 충돌한다면 얼마나 큰 파괴가 일어날지 예측할 수 없다.

"잔 님! 저희는······."

"나에게는 화린이 있다. 우선은 주민을 유도해라!"

잔이 오른손을 마을 방향으로 가리켰다.

사키와 애슐런이 달려갔고, 그 두 명의 머리 위에 극락조의 포효가 쏟아지듯이 메아리쳤다.

──『Zilis Cley』
더러워진 대지

대지가, 비명을 질렀다.

카이 일행이 선 초토가 지하에서부터 뒤집힌 것처럼 격하게 흔들렸고, 땅울림과 함께 지면이 갈라졌다.

바닥이 보이지 않는 지하 수백 미터라는 심부까지.

"지면에 큰 구멍이?!"

"잔 님, 이건 균열입니다. 땅속으로 떨어집니다!"
크레바스

잔의 손을 당긴 화린이 후퇴.

두 사람이 물러난 눈앞에서 대지의 균열이 점점 크게 벌어지더니 환수족조차 삼킬 듯한 폭으로 갈라졌다.

섬이 갈라치고 있다.

원생림을 불태운 것만이 아니라 섬 그 자체를 붕괴시키는 것도 아랑곳하지 않는다.

"어디까지 대지를 우롱할 셈이냐."

『웃기는군. 천사 궁전이라는 하늘에 사는 천사가 어째서 분노하지? 누구보다도 하늘을 자랑스럽게 여기던 것이 그대가 아닌가, 주천 알프레이야여.』

극락조가 대답하는 말이 쪼개진 대지에 스며들었다.

『천사의 법구는 모두 적을 불태우기 위한 것. 그대가 이 법술을 막을 방법은 없다. 이 땅과 함께 멸망하라.』

"──우리는 천사만 있는 게 아니다."

대천사는 위풍당당하게 선언했다.

"실크."

"네, 알프레이야 님!"

힘차게 고개를 끄덕인 대요정이 작은 손가락을 흔들었다.

공기를 휘젓듯이 손가락을 움직이면서, 마치 노래하듯이 무언가를 속삭였다.

──요정 난무『지정(地精)의 소야곡』.
<small>모두 가 라 앉 아 라</small>

섬을 뒤흔들던 진동이 뚝 멎었다. 게다가 대지의 균열도 그 상처를 메우듯이 땅속에서 흙이 융기했다.

조용히.

무시무시한 조용함으로 극락조의 법술을 없애버렸다.

『나의 힘을……?』

극락조만이 아니었다. 숨을 삼킨 건 카이도 마찬가지다.

이건 정말로 법술인가?

요정 한 명이 이 정도의 힘을 가지고 있다는 것도 경악스럽지만, 법력의 빛이 전혀 방출되지 않은 것이 무엇보다 신비로웠다.

대시조의 신성한 힘과는 대극에 위치하는, 너무나도 세밀한 법술이리라.

"이, 이 정도쯤이야. 실크는 굉장하니까!"

『더러운 요정 따위가.』

"히이이이이이이이익?! 아, 알프레이야 님?!"

"대지에 대한 간섭은 술자와 대지의 거리로 정해진다. 네놈이 아무리 막대한 힘을 휘두르더라도 하늘에서 간섭해서야 요정을 이길 수 있을 리가 없지."

허둥지둥 도망친 대요정을 대신해서 대천사가 하늘을 올려다봤다.

"대지를 가르고 싶다면 네놈이 직접 내려와라."

『자만하지 마라, 알프레이야여. 고요하게, 그 대지와 함께 날려버려 주마.』

"──그건 곤란해."

대답한 건 알프레이야가 아니었다.

만신족만을 위험시하던 극락조의 바로 아래── 자신의 그림

자가 뻗은 초토에 선 인간, 잔 따위는 눈에도 들어오지 않았을 게 분명하다.

"세 번이나 공격당했는데 내가 잠자코 있을 줄 알았나? 대시조의 권속이여, 이 순간을 기해 너를 적으로 보겠다."

영광의 기사 잔의 검에서 빛이 생겨났다.

평범한 강철에서는 결코 생겨날 리가 없는 법력에 감싸인 검한 자루가 변형하면서, 수많은 보석이 박힌 너무나도 아름다운 활이 되었다.

"위장 해제.『달의 쇠뇌』여."

『──만신족의 활을, 어째서 인간이?!』

"악마가 천사에게서 빼앗은 것을 인간이 다시 손에 넣은 거다. 찢어버려라."

생명을 먹는 활.

법력이 없는 잔이 자신의 생명을 깎아가며 쏜 화살이 백악색 섬광과 함께 창궁에 호를 그렸다.

──지상에서의 반격은 없다.

카이가 가진 코드 홀더조차도 닿지 않으니까.

그 유일한 오산이었던 잔의 화살이 극락조의 날개를 꿰뚫으며 불태웠다. 황금빛으로 빛나는 깃털이 흩어지면서 빛의 입자가 되어 사라졌다.

단 일격에 한쪽 날개가 날아갔다.

『엘프의 잔꾀인가?!』

"정답. 이 화살을 악마가 빼앗은 건 이유가 있다. 강대한 법술을 사용하는 자일수록 이 화살이 위협적이기 때문이지.”

5종족 대전이 끝난 정사에서 인류비호청이 목표로 삼았던 경지——.

카이의 약식 엘프탄도 그중 하나지만 만신족의 법구는 그보다도 앞서나갔다.

‘대전 중에는 만신족의 엘프가 이런 도구를 썼다고 하지?’

‘그야말로 우리의 전매특허이다만?’

엘프의 활에는 법력을 분산시키는 효과가 있다.

악마의 법술을 향해 쏘면 그걸 없애면서 무효화한다. 그렇다면 이 화살의 표적이 법술이 아니라 ‘법력의 집합체’라면 어떻게 될까.

“이 화살은 법력을 흐트러뜨리며 분산시킨다. 악마족을 상대하기 위한 히든카드였는데, 더욱 효과적인 상대가 있던 모양이야…….”

잔의 이마에서 폭포수 같은 땀이 흘렀다.

거친 호흡을 반복하면서도 잔은 목소리를 쥐어 짜냈다.

“보는 대로 이 화살에 닿으면 너는 날아간다. 법력의 집합체인 너에게는 최악의 상성이겠지? 극락조!”

『안쓰럽도다.』

신을 자칭하는 새가 울부짖었다.

그 포효에 대기가 격하게 흔들리면서 카이 일행이 선 지표에서 흙먼지가 날아올랐다.

『어리석은. 하늘에 활을 든 그 불손, 당장 바로잡아―――.』

"어리석은 건 하늘을 칭하는 네놈 쪽이다."

목소리는 더 위쪽에서 들렸다.

극락조는 항상 지상의 적을 '내려다봤다'. 신의 사자를 자부하는 거조가 처음으로 맛보는, '다른 자가 자신을 내려다본다'라는 굴욕.

『알프레이야?!』

"대체 언제 온 거냐고 묻는 거겠지? 네가 지상의 인간을 내려다보던 때다."

하늘에 군림하는 천사.

웅장한 여섯 날개를 펄럭인 만신족의 영웅 알프레이야는 극락조보다 더욱 상공으로 날아올랐다. 양손에는 한 자루의 대검을 움켜쥐고.

『그 흉흉한 칼날…… 천군의 검인가?!』

"그렇다. 원래는 모든 천사의 승인을 받아야 기동하는 연결식 법구지만, 너 하나를 날려버리는 건 나만으로도 충분하지."

――진실『신과 같은 자 그 누구인가』

미카엘 신과 같은 자 따위 없다

눈보다도 하얗고.

은보다도 강하게 빛나는 칼날.

창궁을 가르며 소환된 '천군의 검'은, 카이가 과거에 목격했던 것 중에서 가장 거대하고 가장 아름다운 법구였다.

칼날의 길이만 수십 미터에 달할 것이다.

환수족조차 양단할 수 있는 칼날이 극락조를 갈랐다.

그 모습이 순간적으로 터졌고 카이가 올려다본 하늘에 남은 것은 황금빛 깃털뿐이었다.

하늘하늘.

황금빛 깃털이 공중을 춤추면서 불타버린 초토에 떨어졌다.

"……정말 화려하군. 우리가 나설 차례는 전혀 없지 않은가."

발몽이 어이없다는 듯 쓴웃음을 지으며 올려다봤다.

지상에 있는 잔이나 화린까지 '나설 차례가 없었다'라는 듯 맥이 빠진 표정이다.

"여, 역시 대단하세요. 알프레이야 님!"

"녀석의 파괴는 눈꼴사납다. 섬을 파괴하기 전에 결판을 지을 수밖에 없지."

대검을 든 알프레이야가 땅에 내려섰다.

공중을 춤추는 황금빛 깃털을 차가운 눈빛으로 올려다봤다.

"이제 곧 깃털도 사라지겠지. 역시 천군의 검으로 벤 감각이 생물 같지 않았다. 법력까지 날려버리기는 했지만."

"……하후. 실크 이제 녹초가 됐어요. 꽃꿀 마시고 싶어어."

실크가 지면에 주저앉았다.

대시조의 법술을 막기 위해 힘을 모두 쓴 것이겠지만, 그만한 규모의 법술을 발동했는데도 '지쳤다'로 끝나는 것이 경이로울 뿐이었다.

한편으로——.

잔은 섬을 갈라버리려 했던 균열을 들여다보고 있었다.

"화린, 사키와 애슐런 두 사람에게 연락해 줘. 이곳의 균열이 마을까지 닿았다면 큰일이니까. 마을의 상황을 확인하고 싶다."

"동감입니다. 확인을…………."

화린이, 우뚝 정지했다.

지면에 주저앉은 대요정 뒤쪽. 여전히 공중에 떠 있는 황금빛 깃털을 험악한 눈초리로 응시하면서, 숨조차 잊어버린 것처럼 말했다.

"……바람이 없어. 언제까지 공중에 떠 있는 거지?"

"화린, 무슨 일이지?"

"잔 님, 만약을 위해——."

물러나 주십시오. 그렇게 말하려던 것이리라.

그 한마디를 할 여유도 없이, 화린이 잔의 손을 잡고 당겼다.

그러나 늦었다.

"실크, 뒤다!"

"엥?"

실크가 어리둥절하며 고개를 들었다.

알프레이야가 갑자기 고함을 치자, 자신이 혼난 건가 싶어서 의아한 듯 눈을 깜빡였다. 공중에 있는 황금빛 깃털이 선회하면서 쫓아오고 있다는 걸 눈치채지 못했다.

마치 사나운 짐승이 사냥감을 향해 다가가듯이.

"뭐?"

돌아본 대요정.

그걸 기다렸다는 듯이 황금빛 깃털이 화르륵 불타오르면서 그 안에서 극락조의 거대한 부리가 나타났다.

작은 사냥감을 한입에 삼키려는 듯.

"어? ……시, 시…싫어어어어어어어어어어?!"

"날아가라, 꼬마!"

실크의 몸이 크게 휘청거렸다.

옆에서 뛰쳐나온 발뭉이 요정을 걷어찬 것이다. 난쟁이가 튕기듯이 공중으로 날아갔고, 극락조의 부리가 허공을 갈랐다.

"아, 아야야야얏……."

"불평은 나중에 듣지. 입을 닫고 있어라, 혀 깨문다."

"히이이이이이이익?!"

"입 닫고 있으라고 했잖아!"

발뭉은 대요정의 옷깃을 붙잡고는 눈이 빙글빙글 돌아가는 대요정을 다짜고짜 끌고 갔다. 공중을 나는 깃털에서 떨어지는 방향으로.

……재생한 건 부리뿐?

……아니면, 지금부터 전신이 부활하는 건가?!

황금빛 깃털이 공중에서 불타올랐다.

그 안에서 꿈틀대는 거대한 '새'의 윤곽을 본 카이의 전신에 한기가 덮쳐왔다.

"알프레이야, 아까 공격으로 산산조각 냈었잖아!"

"그래. 산산조각으로 분해했지만……."

대천사가 쓸쓸하게 내뱉었다.

"법력의 집합체란 상상 이상으로 성가시군. 내 인식이 어설펐다. 이 괴물은 개체가 아니라 군체다. 확산시킨 법력이 재결집한 모양이다."

"……성령족의 슬라임처럼?"

"집합체라는 의미에서는 말이지. 그러나 녀석에게는 아마 『핵』이 없을 거다. 눈앞에 있는 무수한 깃털 모두가 녀석의 본체이자 분신인 거다."

그 의미를 짐작한 카이는 숨을 삼켰다.

극락조는 법력의 집합체이자 무수한 군체. 게다가 핵을 없애면 격파할 수 있는 성령족 대책도 통하지 않는다.

──깃털 전부를 소멸시키지 않으면 몇 번이고 되살아난다.

사실상 불사신.

인정하고 싶지 않지만, 확실히 신의 사자를 자칭하는 존재였다.

『나는 신화의 화신이니.』

불꽃 속에서 기어 나온 신성한 거조.

알프레이야의 법구로 완전히 날아갔지만 거의 완전히 재결합을 이뤄냈다.

극채색 머리에서 몸통까지 완전 재생.

불완전하게 복원된 것은 날개 한쪽뿐이고 지금도 뿌리 부분부터 끊어진 상태다. 그곳이 가장 심한 손상이었던 것이리라.

천군의 검과, 잔이 쏜 화살.

연이어서 공격에 맞은 부분은 아직 복원되지 않았다.

『⋯⋯얼마 남지 않았다. 이제 곧 나는 완전한 모습을 되찾는다.』

아직 재생되지 않은 날개.

극락조는 아직 하늘을 날지 못했고, 핏발선 눈초리로 마치 뱀처럼 대지를 기어가면서 전진했다.

환수종급의 거구로 땅울림을 일으키면서.

"허세로군. 역시 네놈은 신의 위작이다. 완전하지도, 무적인것도 아니야."

알프레이야가 칼끝을 겨눴다.

그 칼날에 천군의 검을 발동할 법력을 집중하면서.

"그 날개가 좋은 증거지. 법력의 집합체여도 복원에는 한도가있다. 재생할 수 없는 나유타의 조각까지 분해하면 될 뿐이다."

『⋯⋯⋯⋯.』

"왜 그러나? 새."

『신의 위작인가. 그것이야말로 그대가 아닌가, 만신족이여.』

"뭐라고!"

『내려다보는 것은 나다. 고개를 너무 치켜들고 있구나, 천사.』

극락조가 땅을 박찼다.

지상을 활보하는 화식조(火食鳥)처럼 어마어마하게 빠른, 환영이 남을 정도의 각력으로 대지를 뒤흔들며 만신족의 영웅을 덮어버리려는 듯이 덮쳐왔다.

　──방심은 없었다.

　거리를 두고 경계하던 카이가 눈을 의심할 만큼 이 신성한 새는 대지를 박차는 것에 익숙했다.

　『그대는, 신과의 지혜 대결에서 진 거다.』

　"네놈?!"

　『나는 대지의 사차로 탄생하여, 하늘로 승천했다.』

　사자의 냉소.

　그렇다. 처음 만났을 때부터 느꼈던 지나친 자부심은 페이크. 하늘을 비상하고, 대지를 바람처럼 달리는 천지 공유야말로 진정한 모습.

　『나는 대지도 거느리고 있다. 앞선 지진을 일으킨 시점에서 그대들은 의문을 가졌어야 했던 거다.』

　"큭!"

　『뭉개져라.』

　포탄 같은 작렬음.

　공기를 짓누르는 듯한 비명이 메아리치며 극락조의 한쪽 날개가 알프레이야를 초토 너머까지 날려버렸다.

　"큭……. 네놈, 대체 어디까지 비열한 짓을…….'"

　흙먼지로 범벅이 된 주천 알프레이야.

　일어나지 못하는 천사를 내려다본 극채색 새가 비웃었다.

『래스터라이저에 홀려서 만신족을 배신한 그대가, 비열이라는 말을 쓰는가?』

"……큭!"

『그대를 심판하는 건 마지막이다. 우선은 인간.』

표적은 잔.

날개가 꿰뚫렸던 격양에 몸을 맡긴 괴조가 뒤를 돌아봤다. 거꾸로 짓뭉갤까, 법술로 흔적도 없이 태워버릴까.

『인간, 그 더러운 활을——.』

"잔 님이라 불러라. 조련이 덜 된 새로군."

탁.

지상을 춤추는 흙먼지에 녹아드는 아주 작은 발소리. 극락조가 눈치챘을 때는 이미 그 뒤에 누군가가 뛰어드는 기척이 났다.

『나의 등에?!』

"덩치가 큰 만큼 둔감하구나."

화린이 샴쉬르를 들었다.

평범한 곡도로 보이는 칼날이 극락조의 등에 닿은 순간, 새빨간 열기를 띤 도신이 울부짖듯이 커다란 불꽃을 토해냈다.

그리고 폭발.

『————————으윽!』

극락조가 토해내는 증오의 포효.

평범한 불꽃이라면 대시조의 권속은 미동도 하지 않는다. 그러나 이 폭염은 상위 악마조차도 처치할 수 있는 특별제다.

『어째서…… 어째서 불꽃에 법력이 섞여 있지. 그대의 칼날도 만신족의…… 아니, 아닌가. 그 칼날에서 짐승의 냄새가 느껴진다. 설마 환수족인가?!』

"정답."

화린이 쥔 것은 아룡의 이빨.^{드레이크 투스}

한 번 뿜으면 도시의 빌딩군도 태워버리는 아룡. 그 이빨을 획득하는 건 너무나도 어려운 일이지만 숙련된 대장장이가 단조하면 세상에서 가장 단단한 검 소재로 다시 태어난다.

"역시 튼튼하군. 한 방 더."

극락조의 등에서 불의 꽃이 두 번 피어났다.

그 거구가 크게 흔들렸고, 격양을 품은 눈동자로 화린을 돌아보자——.

"카이."

"알고 있어!"

카이가 휘두른 코드 홀더가 극락조의 등을 다시 휩쓸었다.

『————으윽!』

물 흐르는 듯한 연계.

조금의 막힘도 없는 연격 앞에서 대시조의 권속은 목소리가 되지 못한 절규를 흘렸다.

……통하고 있어!

……분노의 포효가 아니야. 지금 이건 완전히 비명이었어.

재결합을 허락하지 않는 파상 공격.

극락조를 구성하는 법력이 완전히 소멸할 때까지 전력으로 공격을 이어갈 뿐.

"잔 님."

"알프레이야 님!"

화린과 실크의 부름에 응해서.

"————맡겨둬라."

알프레이야와 잔의 대답은, 아름다울 만큼 강한 조화를 보였다.

빛나는 활을 든 잔.

일어난 주천 알프레이야도 천군의 검을 들었다.

"다음은 머리를 쏘겠다."

"신을 사칭하는 짐승이여, 네놈이 숨 쉴 땅은 이 지상에도 없다는 걸 알아라."

모두 일격필살의 위력을 가진 화살과 검이 황금빛 거조를 향했다.

그 순간.

카이의 청각은, 깊이를 모를 저주를 듣고 얼어붙었다.

『 ···
···신이란······.』

극락조의 독백을.

『신의 심판이란 이런 것이다.』

——최종 신화 『신은 죄인을 명부 밑바닥에 떨어뜨리노라』

하얗게 빛나는 안개.

빠직, 공기가 얼어붙는 소리가 울려 퍼졌다.

"아, 아얏?!"

대요정 실크가 뺨에 손을 댔다.

그 뺨에 묻은 건 녹색 피였다. 자신의 뺨이 찢어졌다는 걸 알아챈 대요정은 말문을 잃었다.

눈보라에 섞인 얼음이 나이프처럼 살을 찢은 것이다.

"아, 알프레이야 님?! 이, 이 얼음은?! 실크의 춤이 안 통하는데요?"

"말도 안 돼……."

주천 알프레이야의 입에서 나온 건 경악이었다.

자신의 양팔과 함께 얼어붙은 천군의 검.

초토였던 대지도 하얀 얼음에 갇혔고, 무릎 위까지 얼음덩어리에 뒤덮여서 도망치는 것조차 허락되지 않았다.

"나의 법구가 기동하지 않는다니……! 이 한순간에 법력의 흐름 그 자체를 얼려버렸다는 건가. 이런 건 명부 최하층, 빙옥^{코퀴토스}이 아닌 한……."

『바로 그렇다.』

시야를 가득 메운 눈보라 안쪽에서 황금빛 광채가 흔들렸다.

『천사의 계율에 있겠지. 언젠가 찾아올 심판의 날에, 하늘을 거스른 죄인은 명부 밑바닥에서 얼음덩어리가 된다. 신의 극한(極寒)—— 그것을 명부 최하층, 코퀴토스라 칭한다.』

"그걸 네놈이 실현했다는 거냐?! 천사의 전승을…… 이 섬 자체를 명부의 빙옥으로 바꿨다고!"

『법력조차 얼어붙는다. 이 빙옥에서 얼음덩어리가 되어라.』

신이 쇠퇴한 섬 이쥬라라는 이름의 빙옥.

섬만이 아니라 주변 바닷물까지 얼려 버리는 초극한의 결계
──.

"사, 살려줘……!"

"이 얼음 자식! 젠장, 너무 단단하잖아……."

얼음 촉수가 실크의 복부를 따라 가슴과 어깨로 올라왔다.

옭아매는 얼음을 벗겨내고자 발뭉이 밀어내려 했지만, 얼음
촉수는 그 팔을 타고 발뭉조차 휘감고 있었다.

"이봐, 잔 공! 그 엘프의 활이라면──."

"이미 하고 있습니다……!"

잔이 자신의 발밑을 향해 활을 쐈다.

이 빙옥도 법술이라면 엘프의 화살로 꿰뚫을 수 있을 터. 그 희
망조차도 얼어붙듯이 빛의 화살이 발밑의 얼음에 튕겨났다.

법구 봉쇄.

천군의 검과 마찬가지로 법구로서의 힘조차도 얼어붙고 있기
때문이다.

"잔, 움직이지 마!"

그런 잔의 발밑을 향해 카이가 코드 홀더를 휘둘렀다.

둔중한 소리.

얼음이 물보라가 되었고, 잔의 양발을 막던 얼음덩어리가 두
쪽으로 쪼개졌다.

"잔, 내 손을——."

"떨어져!"

손을 뻗으려 했지만.

놀랍게도 카이를 밀쳐낸 건 잔 자신이었다.

——분출하는 얼음 촉수.

코드 홀더로 부서진 직후, 그 얼음이 폭발적으로 부풀어 오른 것이다. 앞으로 한 발짝만 잔에게 접근했다면 카이는 얼음에 휘감겼을 것이다.

"잔!"

"……나는 상관하지 마라!"

얼음 감옥에 사로잡힌 잔이 가리킨 것은 눈보라 안쪽이었다.

새하얗게 물든 시야 안쪽에서 얼핏 보이는 극락조의 광채를.

"저 괴물이 우선이다! 지금만큼은 호위 임무를 해제한다!"

"존명."

홍련의 바람이 하얀 눈보라를 휩쓸었다.

화염을 두른 드레이크 투스를 휘두른 화린이 얼음 감옥을 파괴하고 날듯이 질주.

——최단 속도로 처치한다.

그 눈초리를 짐작한 카이는 얼음으로 뒤덮인 대지를 박찼다.

법술도 법구도 얼어붙었다.

구출하려고 얼음을 파괴해도 극락조의 법력이 있는 한 얼음은 무한히 재생할 것이다.

『환수족의 이빨과 코드 홀더…… 나의 법술을 돌파했는가.』

시야를 물들인 눈보라 안쪽에서 한층 커다란 폭발음이 메아리 쳤다.

극락조가 날갯짓하는 약동.

그 기척을 피부로 느낀 카이는 입술을 깨물었다.

······벌써 날개가 재생한 건가?!

······농담하지 말라고. 하늘로 도망치면 쫓을 방도가 없어!

잔과 알프레이야의 법구는 얼어붙었다.

카이와 화린의 검으로는 비상하는 극락조에게 닿지 않는다.

『닫혀라, 명부의 문.』

얼음벽이 솟아올랐다.

자신들과 극락조를 가로막는 거대한 문. 극락조가 날아오를 시간을 벌기 위한 최후의 방벽으로 가로막았다.

"——시간이 없다. 카이, 내게서 한 발짝 떨어져라."

"응?"

"울부짖어라."

화염의 꽃이, 피었다.

화린이 휘두른 드레이크 투스가 얼음 문에 닿은 그 순간, 휘몰아치는 눈보라를 밀어내는 작열의 열파가 휘몰아쳤다.

——사용자인 화린조차 삼키면서.

"화린?!"

"·······················나아가라."

파고들었다.

멈추지 마, 뒤돌아보지 마. ——목소리를 내고 싶은 충동을 이를 악물고 참았다. 얼음의 대지를 그대로 달려간 카이는 붕괴한 얼음 문을 뛰어넘었다.

"극락조!"

대시조의 권속은 그곳에 있었다.

신성한 황금빛 날개는 완전히 재결합했고, 얼음 대지에서 창궁으로 날아오르기 위해 날개를 펄럭이고 있었다.

『참으로 헛수고로군.』

"헛수고가 아니야."

『이미 끝났다. 나는 떠날 뿐. 이 섬과 함께 잠들어라.』

"그렇게 만들지 않기 위해 있는 거라고!"

한칼이다.

극락조가 날아오르기 전에 이 검이 닿는다면 일격. 이 대시조의 권속은 검을 두 번 휘두르기 전에 하늘 높이 날아오를 것이다.

……두 번은 없어.

……이 일격으로 쓰러뜨릴 수밖에 없어. 반드시.

충분할까?

극락조의 거구는 환수족에게도 필적한다. 올려다볼 정도로 거대한 상대를, 아무리 코드 홀더라 해도 한칼에 쓰러뜨릴 수 있을까?

──필요한 건?

신을 자칭하는 걸 거리끼지 않는 거대한 적을 일격으로 타도할, 그 조건은 대체 무엇일까.

힘인가? 기술인가? 지혜인가? 아니면 법력?

……부족해.

……그런 개별적인 요소로 처치할 수 있는 녀석이 아니라는 건 알아.

필요한 건 「전부」.

폭염으로 눈보라를 태운다—— 아룡의 숨결, 악마나 성령족[드래이크]의 법술처럼.

게다가 엘프의 활처럼 '법력의 집합체' 그 자체를 날려버려야 한다.

모든 게 필요하다.

인간의 힘만으로는 이 상위 존재를 능가할 수가 없다.

그렇다, 부족한 건————.

'부족했던 게 뭐였을 것 같나?'

강철의 조소.

세계윤회로 인해 태어난 여섯 번째 종족은, 그렇게 비웃고 있었다.

'사화산 꼭대기에서 「나를 따르라」라고 명했다면——.'

'대시조가 파고들 빈틈은 없었지. 네게는 가능성이 있었다. 세계종족의 왕이 된다는 가능성이 말이지이.'

있는 건가?

그런 생뚱맞은 것이.

세계종족의 왕 같은 것이 있다면, 그것은.

"————내가 아니야. 하지만 짐작 가는 건 있어. 나 같은 것보다 훨씬 잘 어울리는 녀석이 있다는 것 정도는."

『? 인간, 대체 무슨.』

"나는 맡았을 뿐이야. 이런 나에게도 할 수 있는 게 있다면."

일도입혼(一刀入魂).

마음과 기술과 힘 모든 걸 담아서, 카이는 양광색 검을 들었다.

"그 대리 정도는 이뤄내 주겠어!"

전권대리————.

모든 종족의 인자가 깃든 '전권 보유종' 의 힘을, 맡았으니까.

'코드 홀더 린네의 이름으로.'

'코드 홀더의 완전 해방을 '대리 집행' 한다.'

양광색의 도신이 붉게 타오르는 것처럼 빛났다.

이 색은 알고 있다.

인류비호청이 개발한 드레이크 네일, 그 탄환인 약식 드레이크탄이 폭발할 때 내는 광채.

그러나 이건 그보다 더 위.

세계종 린네에게 깃든 환수족, 명명백백한 진짜 드레이크의 숨결 그 자체.

——『세계종족의 이름으로』.

지금 여기에서.

인류의 지혜인 약식 드레이크탄은, 세계종 린네의 힘을 얻어 '완성' 된다.

——수왕 드레이크탄.

무수한 불똥을 흩뿌리면서.

홍련을 두른 코드 홀더가 신을 자칭하는 자를 후려쳤다.

황금빛 깃털이 확 날아올랐고.

그 깃털조차도, 수왕 드레이크탄의 열파에 휩쓸려 녹아내렸다.

『…………아수라소라카…… 속였구나…….』

무너진다.

공기가 빠진 풍선처럼, 전신에서 끊임없이 법력의 빛을 방출하는 극락조가 급속도로 시들어 갔다.

『코드 홀더는 운명을 가른다고…… 그렇게 말했을 텐데. ……세계종의 힘을 발동한다니, 그대는 우리에게 이런 말은 한마디도 하지 않았어.』

"……뭐라고?"

『광제 이프에게 진언. 당장 계획을 실행하라.』

봄바람에 쓸려가는 눈처럼.

신이 쇠퇴한 섬 이쥬라를 얼어붙게 만든 한기가 사라지고, 극락조 역시 햇살 속에서 녹아내리며 사라졌다.

4

　신이 쇠퇴한 섬 이쥬라의 양상은 급변했다.

　극락조가 초래한 세 개의 천재지변——불꽃 폭풍과 지진, 그리고 섬을 얼어붙게 만든 코퀴토스에 의해.

　하늘에는 두꺼운 구름이 소용돌이치듯이 모이고 있다.

　잿빛 비구름. 어마어마한 대기의 용틀임에 빨려들듯 섬 상공에는 거대한 비구름이 몰려오고 있었다.

　후두둑, 후두둑.

　섬에 쏟아지는 비가 기세를 늘렸다.

　불타서 껍데기만 남은 초토에 약간이나마 윤기를 주려는 듯이.

　"화린, 화상은?"

　"……지장 없습니다, 잔 님. 머리카락이 좀 타버리긴 했지만요."

　상의를 벗은 화린은 원생림의 나무 그루터기에 주저앉아서 웬일로 쓴웃음을 지었다.

　"드레이크 투스가 내뿜는 폭염이 어떻게 퍼지는지는 숙지하고 있었습니다. 게다가 그때는 극락조의 눈보라가 몰아치고 있었죠. 제가 뒤집어쓴 열파도 눈보라에 상쇄되어 약해졌습니다.

완벽하게 계획대로입니다. 그러니 너무 걱정하지 마시길."

"처음부터 말해 줬어야지."

"다음부터는 그렇게 하죠. 설명할 유예가 있다면 말입니다만……. 그런데."

화린이 자신의 뺨에 손을 댔다.

화상을 치료한다는 바르는 약.

겉보기에는 이질적인 악취를 발하는 녹색 페인트——. 카이에게는 그렇게밖에 보이지 않았지만, 화린 본인도 똑같은 인상을 받았을 게 틀림없다.

"거기 요정?"

"왜애?"

"이 수상한 약은 언제까지 바르고 있어야 하나. 풀 냄새가 심해서 내 코가 비뚤어질 것 같은데."

"으~음. 그게. 아마 내일 정도까지?"

"어째서 의문형이지?"

"그야 인간인걸. 실크가 조합한 건 요정의 약이니까. 그래도 괜찮아 괜찮아. 아마도."

그렇게 대답한 실크는 열심히 다음 약을 조합 중이다.

숲의 나뭇잎이나 나무 열매를 주워서 빻고, 자기 손바닥으로 열심히 반죽하고 있다.

……만신족에서 유명한 건 엘프의 영약이고, 그건 본 적이 있지만.

……요정도 약을 조합하는구나.

엘프의 영약과 다른 점은 그 조합 과정이 묘하게 엉성하다는 거다.

"다 됐다! 동상에도 잘 듣는 약이야. 자, 받아. 인간."

"이봐, 꼬마. 그걸 나에게 보여줘서 어쩌라는 거냐."

"상처에 바르는 거야. 정말 굉장하거든. 인간이라도 5초면 나을 테니까."

"필요 없어."

발뭉은 고개를 휙 돌렸다.

그런 그의 양손은 상처투성이. 얼음덩어리가 되어 가던 대요정 실크를 구하기 위해 자기 몸도 돌보지 않고 얼음을 벗겨내려다 생긴 열상이다.

"5초라고? 그런 수상한 약에 의지하지 않아도 자연스레 나아."

"그럼 3초! 3초면 나아!"

"더더욱 수상해! ……아, 이봐. 그만둬. 억지로 바르려고 하지 마?!"

달려드는 대요정을 발뭉이 황급히 억눌렀다.

장난치는 고양이와 놀다 지친 주인 같은, 참으로 어깨의 힘이 빠지는 광경이다.

"그런데 당신은 대요정의 약을 안 써?"

"엘프의 약은 믿을 수 있지만 요정이 만드는 약은 이상한 부작용이 따라다니니까. ……그게 없더라도 경상이다."

주천 알프레이야는 거대한 나무줄기에 등을 기대고 있었다.

극락조의 거구에 맞아 날아갔는데 무사할 리가 없다. 그렇게 생각한 카이의 불안과는 달리, 실제로 자력으로 움직일 정도로는 회복한 모양이었다.

……레이렌은 오히려 가녀리다는 인상이었는데.

……천사는 역시 강인하네.

본인에게 다친 정도는 아무래도 좋은 것이리라.

이미 한 시간 가까이 똑같은 자세로 머리 위에 우거진 거목의 나뭇잎을 올려다보고 있다.

"카이. 조금 전 이야기를 한 번 더 듣고 싶다."

투둑투둑.

비가 나뭇잎을 두드리는 소리에 섞일 것 같은 미약한 목소리를 들은 건 말을 걸어온 대상인 카이 한 명뿐이었다.

"극락조는 대시조의 권속을 자칭했다. 그리고 너는 당초 대시조가 세 명이라고 했었지."

"그래. 내가 알고 있는 한도지만."

"그런데."

머리 위를 바라보던 대천사가 다시 말을 이었다.

"그 유적 벽화에 새겨져 있던 대시조는 두 명뿐. 광제 이프와 운명룡 미스칼셰로. 그 두 명뿐이다. 한 명이 부족해."

"…………"

"기원자 아수라소라카만큼은 다르다는 게 너의 추측인가?"

말없이.

카이는 고개를 크게 한 번 끄덕였다.

이 섬에 온 의미가 있었다.

대시조는 두 명뿐—— 그 진상을 알지 못했다면 아수라소라카의 정체에 확신을 가지지는 못했을 거다.

"그 녀석은 세계종이야. 당신이 예상한 것처럼 사념체 같은 게 아니지. 대시조 두 명과는 명백하게 다르다고 생각해. 그러니까 더더욱 이상한 거야."

"어째서 행동을 함께하고 있는지 말인가? 그러나 그건 우리도 똑같다. 만신족과 인간이어도 목적이 똑같다면 부자연스럽지는 않은데."

"나는 그 목적이 제일 맞물리지 않는다고 생각하고 있어."

더 빨리 눈치챘어야 했다.

애초에 4종족의 봉인이라는 목적이 이상하다. 어째서 세계종 아수라소라카는 대시조의 계획에 힘을 빌려준 것인가?

······세계종인 린네가 사라졌다고.

······왜 세계종 아수라소라카만이 살아남아 있지?

마치.

자기만큼은 소실되지 않는다는 걸 알고 있었다는 듯한, 그런 행동이지 않은가.

그럼 아수라소라카가 소실되지 않았던 이유는?

············.

·······················딱 하나.

온갖 요소를 모조리 탐색해 본 카이가 도달한 가능성은 하나뿐이다.

"결론부터 말할게. 우선 나도 아수라소라카가 무슨 생각을 하고 있는지는 상상이 가지 않아. 그건 본인에게 물어보면 된다고 생각하고 있어."

"하얀 묘소에서 말인가?"

"물론 그래. 하지만 아수라소라카의 정체만큼은 먼저 예상해 둬야 한다고 생각해. 최악의 경우, 싸울 때 필요한 정보니까."

"지당한 말이군. 그럼 그 정체란?"

"……이건, 정말로 내가, 나만이 멋대로 내린 추측인데."

만약을 위해 강조했다.

그 정도로 이것에는 아무런 근거가 없다.

세계종 린네가 사라졌는데도 세계종 아수라소라카는 소실되지 않았다──그 이유를 메꾸기 위해 소거법으로 남았을 뿐인 상상이다.

단.

만약 올바르다면.

기원자는, 대시조와도 다른 사악한 존재가 될 것이다.

"아수라소라카는 세계종이지만 세계종이 아니야. 그 너머에 있는 존재야."

"……무슨 뜻이냐?"

"래스터라이저야."

　서쪽 슐츠 연방, 북서부.

　하얀 묘소———.

　4종족과 그 영웅들을 봉인한 지상 최대의 법구이자 일찍이 대시조와 권속들이 만들어 낸 것.

　그 최심부에 가까운 계층에서.

　돌 여신상 아수라소라카는 꿈인지 생시인지 알 수 없는 회상에 잠겨있었다.

　'또 온 겁니까, 시드.'

　'내가 당신에게 줄 예언은 이제 없다고 했을 텐데요.'

　'……그런데…… 어째서, 아직도 나를 따르고 있는 겁니까?'

　일찍이 자신이 있던 세계.

　세계종의 힘을 구현한 코드 홀더를 맡긴 예언자 시드는 보고 사항이 없는데도 불구하고 수없이 자신이 있는 유적을 찾아왔었다.

──기도를 바치는 것도 아니고.

그저 자신 곁에 있었다.

아니, 있어 주었다.

『……시드. 지금이라면 확실히 알겠습니다. 내가 당신을 선택한 건 실수였어요.』

무음의 공간에 울리는 목소리.

벽에 몇 번이고 몇 번이고 메아리치다 이윽고 사라지는 자신의 목소리를 들으면서.

『당신은 나에게 너무 다정했어요. 당신이 너무 다정했으니까, 나는 지금도 당신을 향한 죄책감을 씻지 못하고 있는 겁니다.』

참회.

자신의 죄를 드러내는 것으로 용서받는다? 그런 간단한 면죄법 같은 건 인간이 만들어 낸 편의주의적인 시스템에 불과하다는 건 알고 있는데도.

──인간들을 격려하라.

──코드 홀더를 쥐고 4종족의 영웅을 꺾어라.

속이고 있던 죄.

자신은 예언자 시드를 '일회용' 으로 써먹을 작정으로 선택했다. 언젠가는 그를 배신하고 실망을 주리라는 걸 알고 있었을 텐데.

『신기하네요. 나는 이 세상의 누구를 적으로 돌려도 무섭지 않았어요. 그런데 시드, 당신이 나의 마음을 엿보지 않을까. 그것만큼은 마지막까지 무서웠습니다…….』

그렇기에 그를 멀리했다.

필요한 때 말고는 유적을 찾아오지 말라고 명했다.

자신과 그의 거리가 가까워지는 것으로, 자신이 숨기고 있던 '검은 본심' 이 들켜버리는 게 아닐지 우려했으니까.

『나는, 나의 본심이 들키는 건 무섭지 않았어요. 하지만 시드, 당신에게만큼은 들키고 싶지 않았어요. 정말로 정말로 무서웠던 겁니다…….』

그래서 숨겼다.

코드 홀더는 '운명을 베는' 기능만 있는 게 아니다.

세계종의 힘을 담은 검이기에 세계종의 힘을 그대로 발동할 수 있다는 것을.

『하지만 그걸 전했다가는 나의 정체가 세계종이라는 걸 당신이 알게 되잖아요? 그래서 내가 준 코드 홀더에는 일부러 그 힘을 제한하고 있었습니다.』

제2의 진수, 『세계종족의 이름으로』──.

세계종 아수라소라카는 자신의 정체를 감추기 위해 힘을 제한했다.

세계종 린네는 정체를 감출 필요가 없기에 그 힘을 해방해서 카이에게 맡겼다.

그 차이.

극락조는 그걸 몰랐기에 패배했다.

카이가 받은 코드 홀더가, 예언자 시드가 받은 코드 홀더와 완전히 똑같다고 믿고 있었다.

『속일 생각은 없었습니다. 극락조. 그야 나도 몰랐으니까요. 린네의 코드 홀더가 설마 모든 능력을 해방하고 있었다니.』

뒤집어 보면.

세계종 린네는 그만큼 카이라는 인간을 따랐다는 것이다. 자신의 힘을 모두 맡기기에 어울린다고 믿고 있었다.

평범한 인간에게, 세계종족의 왕이 가지는 검을 맡긴다는 유대.

『……나는, 그런 당신들이 부러워요.』

흘러나오는 자조의 웃음.

시간과 함께 석화된 이 육체도 아직 쓴웃음이라는 동작을 기억하고 있다.

『나는——.』

"그 혼잣말은 언제까지 이어지는 거지?"

"듣기도 질렸어. 유언이라고 해도 슬슬 매듭지을 때잖아."

또각, 또각…….

빛이 넘치는 통로로 이어지는 신발 소리는 딱딱했고, 거기에 이어지는 남녀의 목소리도 차가웠다.

적의가 있는 관계.

싫어도 그렇게 인식하게 하는 가시 돋친 말투.

『테레지아, 아카인. 무슨 일이죠? 광제 이프와 운명룡 미스칼셰로의 모습도 없이 당신들 두 명만이 오다니.』

남녀는 한마디도 대답하지 않았다.

면도날처럼 날카로운 안광으로 정면에 선 여신상, 아수라소라카를 올려다볼 뿐.

──인간병기 테레지아 시드 페이크.

그 소녀는 검은 수도녀라고 부를 법한 간소한 검은 로브를 걸치고 있었다.

운명룡 미스칼셰로에게 발탁되어 악마족조차 능가하는 기적의 힘을 얻은 동시에 '시드' 중 한 명이 되었다.

──용병왕 아카인 시드 콜래트럴.

윤곽이 뚜렷한 얼굴에 날카로운 눈매. 위엄이 느껴지는 음색은 강철을 연상케 한다.

세상을 전전하는 용병이었던 이 남자도 광제 이프에게 발탁되어 4종족을 꺾을 수 있는 대시조의 탄환을 받은 '시드' 중 한 명이 되었다.

그 모두가.

대시조를 자칭하던 동료 아수라소라카를 향해 노골적인 적의를 감추지도 않았다.

『일단 물어보겠는데, 용건은 뭔가요?』

"네 년으로 끝난다."

"인간이 진정한 영광을 위해 발을 내디디기 위한 마지막 주춧돌. 그게 당신."

『그렇겠죠.』

돌 여신상도 놀라는 감정은 없었다.

『대시조와 시드는 4종족을 세계에서 송두리째 제거하고 싶어 했죠. 그 대부분은 달성했지만 아직은 미달성. 왜냐하면 이종족의 마지막 피가 여기에 있으니까. 그렇죠?』

세계종 아수라소라카가 남아 있다.

악마족도 만신족도 성령족도 환수족도, 모든 것의 혼혈인 세계종은 원래 대시조와는 근본적으로 함께할 수 없다.

지금까지는———.

4종족을 봉인하기 위해 협력을 가장했을 뿐.

『괜찮습니다. 광제 이프, 운명룡 미스칼셰로와도 여기까지라고 정해뒀으니까요. 여기서 당신들이 나를 습격하는 건 전혀 약속을 어긴 게 아닙니다. 그래도 일단 말해 두는데, 세계종인 나에게도 약간이나마 인간의 피가 섞여 있습니다.』

한 박자 뒤.

『같은 인간입니다. 그런 나에게 이빨을 드러내는 건가요?』

"하."

대답은, 시드 두 명의 조소였다.

"네년은 인간이 아니다."

"환수족의 냄새. 악마의 냄새. 성령족의 냄새. 만신족의 냄새. 당신은 그저 괴물이야. 배제하지 않을 이유는 없어."

정숙이 퍼졌다.

단순한 무음이 아니다. 4종족 근절을 맹세한 두 명의 시드가 만들어 낸 무음은 전투 준비를 위한 견제이기 때문이다.

언제 공격을 가하는가.

이미 단계는 「선전포고」를 지나 「개전」하고 있다.

『후후, 아하하하. 아하하하하!』

묘소에 울려 퍼지는 목소리.

그건 바닥을 알 수 없을 만큼 밝고 천진난만한, 전혀 흐려지지 않은 명랑한 웃음소리였다.

『아아, 기뻐라.』

여신상의 등에서, 천마의 날개가 크게 흔들렸다.

전신이 돌이면서도 유일하게 석화를 면한 그 부위가, 아수라소라카의 기쁨을 표현하듯이 몇 번이고, 몇 번이고 오르내렸다.

"……이해하기 힘들군. 이해할 생각도 없지만."

"아니면 우리의 방심을 유도할 생각이야? 그렇다면 우스꽝스럽네."

『이거 실례했네요. 하지만 말이죠, 정말로 기뻤거든요. 아아, 다행이다…….』

키득키득.

아직도 참지 못한 웃음을 여운으로 남긴 채.

『당신들은 나의 시드와는 달라요. 광제 이프와 운명룡 미스칼세로에게 선택받은 이 세계의 시드는, 역시 그와는 근본적으로 다르네요.』

시드 두 사람이 미간을 찡그렸다.

이 세계종은 대체 무슨 말을 하는 걸까.

"이제 됐어. 시간 낭비다."

"지금 당장 여기서 사라──."

『당신들의 적의 덕분에 나도 아무런 거리낌 없이 나의 목적을 수행할 수 있겠네요. 나도 진심으로 잔혹해질 수 있겠어요.』

『세계윤회의 계획자로서.』

그 의미를──.

대시조의 사자인 시드 두 명이 이해하지 못할 리는 없었다.

"네년……!"

"세계윤회의 발동은 정사라 불리던 역사에서 일어난 우발적 사상. 그렇게 말했던 건──."

『아핫.』

돌 여신상이 웃었다.

냉소도 조소도 아니다.

그저 순진한, 정말 해맑은 웃음을 연상케 하는 음색이었다.

『나는 말이죠. 사실은 거짓말을 하는 것도 좋아한답니다. 왜냐 하면 악마족의 피도 섞여 있으니까요. 어쩔 수 없는 일이죠?』

두 명의 시드가 일제히 준비했다. 테레지아의 이마에는 대시조의 힘이 깃든 각인이 떠오르고, 아카인은 기관단총을 여신상 가슴에 겨눴다.

"사라져."

"산산조각을 내주────웃, 이건?!"

시드 두 명의 눈에 비치는 경악이, 점점 「두려움」으로 변해갔다.

어마어마한 증오.

돌 여신상 안쪽에서 대시조와는 다른 절대적인 힘을 느꼈기 때문이다.

미증유이자 사악한──.

『내가 사라져도 세계윤회는 멈추지 않아요. 하지만 당신들에게도 오기가 있겠죠. 그러니 덤벼도 좋습니다.』

다정하게, 다정하게.

돌 여신상이 말을 거는 목소리에는 모든 종족이 공포에 잠길 중압감이 있었다.

『하지만 내가 이 모습으로 돌아가는 건 굉장히 오랜만이니까. 힘 조절에 실수할 수 있어 미리 미안하다고 할게요. 최대한 다정하고 다정하게.』

빠직, 빠직.

여신상을 덮고 있던 돌이 조각으로 변해 떨어졌다. 몇 장이나, 몇십 장이나, 몇백 장이나.

그 끝에──.

『내가 질릴 때까지, 실컷 사랑해 주도록 하죠.』

두 명의 시드는.

이 세상에서 가장 섬뜩한, '신에게 미움받은 생명'을 봤다.

후기

세계에 미움받은 생명의, 세계를 향한 복수——.

『어내세』 7권, 구입해 주서서 감사합니다!

저번 6권에서 조금 시간이 지나고 말았습니다만, 그만큼 지금까지의 요소를 꽉 담은 이야기가 되었다면 다행이겠습니다.

1권부터 이어진 수수께끼였던 '묘소'에 스포트라이트를 맞추면서 대시조의 비밀에 접촉하고, 그리고 마지막으로는 세계 윤회의 기원으로…… 슬슬 이 이야기도 핵심에 다가서고 있다는 느낌이 듭니다.

참고로 살짝 말씀드리자면, 이번 양면 흑백 삽화에서 카이가 가리킨 섬은 이 책 앞쪽에 있는 세계지도에서 완전판을 볼 수 있습니다. 다시 보신다면 재미난 발견이 있을지도(?).

3권부터 실렸던 세계지도도 이제야 겨우 진가를 발휘하게 되었습니다.

——그럼, 본편 이야기는 이쯤 해두고.

코미컬라이즈 이야기로 넘어갈까요.

월간 코믹 얼라이브에서 『어내세』 코믹이 연재 중입니다.

지금은 원작 2권으로 들어선 시점으로, 코믹판에서도 레이렌이 굉장히 귀엽습니다. 마침 7권 본편에서 언급한 엘프 마을도 등장 예정이고, 엘프 장로 등 처음 그려지는 캐릭터도 많이 나옵니다. 정말 기대되네요!

　그리고 잠시 동시 전개 중인 다른 시리즈도 소개하고 싶습니다.

　●판타지아 문고
『너와 나의 최후의 전장, 혹은 세계가 시작되는 성전』(이하, 『너나성전』)

　전장에서 부딪히는 검사와 마녀 공주의 히로익 판타지.
　최신 7권이 드디어 9월 20일에 간행 예정입니다! 제반 사정으로 인해 간행이 늦어지고 말았지만, 기다리게 한 만큼 틀림없는 자신작이라 할 정도의 책이 되었습니다.
　아직 모르시는 분도 괜찮다면 체크해 주세요.

　그럼.
　9월 20일의 『너나성전』 7권에서.
　그리고 겨울 무렵의 『어내세』 8권에서 만나 뵐 수 있기를!

장마철 오후에서 사자네 케이

(덤)

사자네 케이 개인 계정 https://twitter.com/sazanek

간행 소식 등을 올리고 있으므로, 혹시 괜찮으시다면 놀러 와

주세요!

어째서 내 세계를
아무도 기억하지 못하는가? 〈7〉 재앙의 사도

2024년 06월 20일 제1판 인쇄
2024년 07월 05일 제1판 발행

지음 사자네 케이 | **일러스트** neco

옮김 이경인

발행 영상출판미디어(주)
등록번호 제 2002-000003호
주소 07551 서울특별시 강서구 양천로 570 NH서울타워 19층
대표전화 02-2013-5665

ISBN 979-11-380-4925-2
ISBN 979-11-319-9358-3 (세트)

NAZE BOKU NO SEKAI WO DARE MO OBOETEINAI NOKA? Vol.7 WAZAWAI NO SHITO
ⒸKei Sazane 2019
First published in Japan in 2019 by KADOKAWA CORPORATION, Tokyo.
Korean translation rights arranged with KADOKAWA CORPORATION, Tokyo.

구매 시 파손된 도서는 구매처에서 교환하실 수 있습니다.
기타 불편사항, 문의사항이 있으신 독자님께서는 노블엔진 홈페이지
[http://novelengine.com] 에서 Q&A 게시판을 이용해 주시기 바랍니다.

 노블엔진(NOVEL ENGINE)은 영상출판미디어(주)의 라이트노벨 및 관련서적 브랜드입니다.